전능의 팔찌

THE OMNIPOTENT
BRACELET

김현석 현대 판타지 소설
FUSION FANTASTIC STORY

전능의 팔찌 32

김현석 현대 판타지 소설

초판 1쇄 찍은 날 § 2014년 1월 9일
초판 1쇄 펴낸 날 § 2014년 1월 16일

지은이 § 김현석
펴낸이 § 서경석

편집부장 § 권태완
편집책임 § 박은정

펴낸곳 § 도서출판 청어람
등록번호 § 제1081-1-89호
등록일자 § 1999. 5. 31
어람번호 § 제1-1752호

주소 § 경기도 부천시 원미구 부일로 483번길 40 서경B/D 3F (우) 420-822
전화 § 032-656-4452 팩스 § 032-656-4453
http://www.chungeoram.com
E-mail § E-mail § chungeorambook@daum.net

ISBN 978-89-251-3661-5 04810
ISBN 978-89-251-2596-1 (세트)

전능의 팔찌

THE OMNIPOTENT BRACELET

32

FUSION FANTASTIC STORY

김현석 현대 판타지 소설

청어람

CONTENTS

CHAPTER 01

금광을 발견했어요

"조만간 우간다와 케냐를 방문할 겁니다. 본부장님은 그쪽 언어를 파악하셔서 투약지침서를 준비해 주십시오."

"투약지침서? 우간다는 영어와 우간다어를 쓰니 에티오피아에 제공할 걸 더 찍으면 되고, 케냐는 영어와 스와힐리어를 쓰니까 거기도……."

이춘만 본부장의 말은 더 이어지지 못했다.

"본부장님, 여긴 아프리카예요. 대부분이 제대로 된 교육을 못 받는 곳이죠. 그러니 영어나 프랑스어로 된 투약지침서 말고 고유 언어로 제작된 게 더 좋지 않을까요?"

“스와힐리어, 우간다어, 콩고어 등 종류가 엄청 많은데? 어쩌면 1,000종이 넘을지도 모르네.”

“그걸 다 하라는 건 아니고 굵직굵직한 것들만 하세요. 영어, 프랑스어, 그리고 우리 한글로 병기하면 될 겁니다.”

“최소 네 가지 언어로 만들라고?”

이 본부장은 굳이 그럴 필요가 있겠느냐는 표정이다.

“아뇨, 각국 사정에 맞추세요. 예를 들어 우간다의 경우는 영어와 우간다어가 공용어니까 두 가지 언어에 플러스 한글 하시라는 뜻이에요.”

“한글을? 그건 아는 사람도 없을 텐데?”

“우리말이잖아요. 천지약품뿐만 아니라 이실리프 농장 등도 에티오피아와 우간다, 그리고 케냐에 조성될 거예요.”

“그런가?”

“네, 앞으로 많은 한국인이 들어오게 될 거니까 시간이 좀 흐르면 한국어를 아는 사람들도 늘어날 거예요.”

“아……!”

이 본부장이 나직한 탄성을 낸다.

반둔두와 비날리아 지역에 조성되고 있는 이실리프 농장, 이실리프 축산, 이실리프 농산에 대하여 잘 알고 있다.

두 곳의 면적을 합치면 무려 4,500㎢나 된다.

참고로, 현대그룹의 고 정주영 회장이 조성한 현대 서산농장의 농지 면적은 101㎢를 조금 넘긴다.

서산농장은 현대그룹이 동원되어 한 일이다.

그런데 그보다 45배쯤 더 큰 이실리프 농장과 축산, 그리고 농산을 현수 혼자서 해내고 있다. 그렇기에 시시때때로 감탄하곤 한다. 생각만으로도 대단하다 여기기 때문이다.

그런데 그런 것들이 에티오피아와 케냐, 우간다에도 만들어진다니 입이 딱 벌어진 것이다.

몽골과 러시아에도 만들어지고 면적이 어마어마하게 늘어났다는 것까지 이야기했다면 아마 기절했을지도 모른다.

"어쨌거나 이실리프 농장 등은 아프리카 곳곳으로 넓혀갈 것 같습니다. 그에 따라 천지약품도 진출해야 하는 상황이니 앞으로도 애 많이 써주십시오."

"당연하네. 아무리 많은 비용이 들고 아무리 많은 밤을 새워야 하는 일이라 할지라도 제대로 뒷받침해 주겠네."

"고맙습니다."

현수가 고개를 숙여 예를 표하자 이춘만 본부장은 감당하기 어렵다는 듯 맞절한다.

"아이고, 이러지 마시게. 이제 자넨 천지건설 킨샤사 지부에 갓 배속된 신입사원이 아니라 부사장님이시네. 게다가 천지기획 사장이시고, 이실리프 그룹의 총회장이 아니신가."

"……!"

대체 무슨 얘길 하려는가 싶어 잠자코 있었다.

"옛정 때문에 내게 이전처럼 하대하라 하지만 이젠 내가 불편하네. 나이를 떠나 자넨 큰사람이고 나는 자그마한 이익에도 일희일비하는 범부[1]일 뿐이네."

"그래서요?"

"그러니 앞으론 나도 자네에게 존대를 하겠네. 나는 나이만 많지 내세울 거 하나 없는 사람이니 말이네."

여기서 이춘만 본부장의 인간성이 드러난다.

현수처럼 대단한 사람이 편하게 대할 수 있게 해주면 그릇 작은 사람들은 의기양양하여 떠벌리고 다닌다.

그런데 이 본부장은 그것을 오히려 불편해한다. 몸에 맞지 않는 비싼 옷을 입은 것 같은 느낌을 받는 모양이다.

"에이, 그건 안 되지요. 전 본부장님이 좋아요. 그러니 그건 예전대로 하세요. 안 그러시면 제가 섭섭하니까요. 그리고 화제가 바뀌었는데, 이제 우리 돈 많이 벌잖아요."

"돈? 그래, 그건 그렇지. 옛날에 비교하면."

나날이 벌어들이는 돈이 늘어나는 중이다. 천지건설 만년 과장일 때와 비교하면 실로 상전벽해(桑田碧海)다.

그때완 비교조차 할 수 없을 정도로 많이 버는 중이다.

하여 잠시 말을 잇지 못하였다. 모든 게 현수의 덕이라 감

---

1) 범부(凡夫) : 평범한 사람.

사의 말을 하고픈데 떠오르지 않아서이다.

이때 현수가 먼저 입을 연다.

"그러니 돈이 들더라도 이곳 사람들을 위한 걸 만들어요."

"뭐……? 아! 알겠네. 내 생각이 좀 짧았네. 자네 말대로 각국 고유 언어에 맞춘 투약지침서를 만들지."

"네, 저는 본부장님만 믿겠습니다. 하다가 막히면 제게 말씀하세요. 저 머리 좋은 거 아시죠?"

"그래, 그래! 자네의 두뇌는 세계 최고지. 그나저나, 여기 오래 머물 건가?"

"며칠은 있어야 할 것 같아요. 여기 대통령님과 내무장관님도 만나 뵈어야 해서요."

"알겠네. 조만간 자네 배우자들과 함께 자리 한번 하세. 내가 초청하겠네."

"하하, 네. 그러지요."

이 본부장 댁을 나선 현수는 곧장 내무부로 향했다.

"여어! 어서 오시게."

서류를 들여다보고 있던 가에탄 카구지가 자리에서 일어서며 환한 미소를 짓는다.

그러면서 한번 안아보자는 듯 두 팔을 벌리며 다가선다.

"하하, 네에. 그동안 안녕하셨지요?"

"그래, 이 사람아! 자주 좀 연락하지. 너무 뜸했네."

"아시잖아요. 저 일 많은 거요."

"그래, 알지, 알아! 그래서 보고 싶은데도 전화 안 했네. 자, 일단 자리에 앉으세."

자리 잡고 앉자 가에탄 카구지 내무장관이 흰 이를 드러내며 환히 웃는다.

"오늘은 무슨 일로 이곳까지 왕림하셨는가?"

"장관님과 상의할 것들이 좀 있어서요."

"그래? 뭔지 말만 하게. 내 힘으로 도울 수 있는 건 뭐든지 돕겠네."

어펜시브 참 마법의 효능은 아직 떨어지지 않았다는 것을 증명이라도 하듯 장관은 메모할 준비를 한다.

"조금 어려운 이야기가 될 수도 있는데 괜찮겠습니까?"

"우리 사이에 어려울 게 무어 있겠는가? 말하게."

"좋습니다. 그럼 말씀드리지요. 장관님은 제게 상당한 양의 황금이 있다는 거 아시지요?"

"알지. 근데 아직도 많이 있는가?"

대놓고 물어볼 수 없었기에 궁금했다. 하여 이제야 참았던 궁금증을 해소하겠다는 듯 눈빛을 빛내고 있다.

"네, 아직 많이 남아 있습니다."

"아! 그런가? 대단하군."

어떤 의미에서 대단하다 한 것인지는 모르지만 지금은 그걸 따질 때가 아니다. 하여 진지한 표정으로 말을 이었다.

“제가 보유한 황금은 개인의 것이 아닙니다. 게다가 지금은 출처를 밝히는 것도 상당히 애매해졌고요.”

“출처가 애매해져?”

“네, 조금 입장 곤란한 부분이 생겼습니다. 아무튼 제가 가진 금을 더 처분했으면 하는데 지금처럼 콩고민주공화국 정부의 힘을 매번 빌릴 수는 없을 것 같습니다.”

“흐음. 그건 그렇지.”

요즘 콩고민주공화국은 옛 채권자들의 따가운 시선을 받는 중이다. 먹고살기 힘든 나라라 판단하여 탕감된 외채가 상당히 많았던 때문이다.

“그래서 저는 이실리프 농장에서 금광이 개발되었다는 소문을 내려고 합니다.”

“금광이 있어? 어딘가? 반둔두? 아님 비날리아?”

“실제로 그런 게 있다는 건 아닙니다.”

“아……!”

잠시 눈빛을 빛내던 가에탄 카구지가 무슨 소리인지 깨달았다는 표정을 짓는다.

“장관님, 저는 이실리프 농장을 개발하던 중 노천 금광을 발견하였다는 소문을 낼 겁니다.”

"그걸 정부 차원에서 인정하라는 뜻인가?"

현수는 크게 고개를 끄덕였다.

"그러합니다. 다만 구체적으로 어디인지는 말씀하지 않았으면 합니다. 실제로 존재하는 게 아니니까요."

"그야 그렇겠지. 근데……."

장관은 조금 난처하다는 표정을 짓는다.

현수의 부탁이니 의당 들어줘야 하지만 정치인으로서 자국 국민의 여론을 의식하지 않을 수 없기 때문이다.

이실리프 농장은 콩고민주공화국 영토 내에 존재한다.

농장 등을 개설하여 자국민을 고용해 주고, 수확량의 50%를 우선 공급받는 조건으로 200년간 치외법권 지역으로 조차해 줬다.

이건 천지약품으로 얻은 인심이 있었기에 야당까지 찬성하여 별다른 문제없이 처리된 일이다.

그런데 그 지역에서 금광이 발견되었다.

그것에 대한 소유권은 의당 콩고민주공화국이 가져야 한다는 것이 여론일 것이다.

이미 조차한 지역이니 단 한 푼의 배분도 없이 전부 현수에게 주겠다고 할 수는 없다.

아주 격렬한 시위가 벌어질 수도 있기 때문이다. 그렇기에 몹시 난처하다는 표정을 지은 것이다.

이쯤 되면 반대급부를 던져줘야 한다. 그렇기에 이곳에 오기 전에 생각해 둔 바를 털어놨다.

"부탁이 하나 더 있습니다."

"하나 더?"

방금 전의 문제만 해도 골치가 지끈하다. 들어줘야 하는데 모양새도 그렇고 여론도 신경 쓰이기 때문이다.

"네, 외람되지만 하나 더 부탁드리겠습니다."

"흐음, 뭔지 일단 들어나 보세."

"네, 저는 장관님께서 우려하시는 바를……."

잠시 현수의 말이 이어졌다. 우선은 금광을 발견했다는 소문에 대한 콩고민주공화국 국민의 반응 등에 관한 것이다.

당연히 고개를 끄덕이며 동의한다.

"그걸 무마할 방법으로 이실리프 농장과 축산, 농산의 규모를 조금 더 키웠으면 합니다."

"지금 개발 중인 걸 더 크게 늘리겠다는 뜻인가?"

"네, 현재 반둔두 지역은 1,500㎢를 조차해 주셨고, 비날리아 지역은 3,000㎢를 할당해 주셨습니다."

"그래, 그렇지."

이미 아는 사실이기에 크게 고개를 끄덕인다. 그러면서 집무실 벽에 붙어 있는 지도에 시선을 준다.

반둔두와 비날리아 지역에 이실리프 농장 등의 경계가 그려져 있기 때문이다.

"저는 얼마 전에 러시아를 방문하여 블라디미르 푸틴 대통령님과 메드베데프 총리님을 만났습니다. 그때……."

지난해 연말 현수의 결혼식이 있기 사흘 전, 콩고민주공화국 정부는 러시아로부터 온 공문 한 장에 발칵 뒤집혔다.

푸틴과 메드베데프가 현수의 결혼식 참석을 이유로 비공식 방문을 하겠다는 내용의 문서였다.

죠제프 카빌라 대통령과 가에탄 카구지 내무장관 등 콩고민주공화국 정부 각료들은 현수가 대단한 일을 하고 있는 젊은이라 생각하고 있었다.

그런데 러시아 대통령과 총리가 공식적인 업무를 내려놓고 결혼식 참석을 위해 타국을 방문한다고 했다.

그때 모두들 현수를 다시 생각했다. 자신들이 생각했던 것보다 훨씬 큰 그릇임을 깨달은 것이다.

어쨌거나 푸틴과 메드베데프 일행이 오던 날 콩고민주공화국은 비상이 걸렸다. 귀빈들의 안전을 위해 취할 수 있는 모든 조치를 취할 정도였다.

그럴 수밖에 없는 게 푸틴은 콩고민주공화국을 방문한 가장 영향력 강한 거물이었기 때문이다.

아무튼 현수는 러시아 수뇌부와 아주 긴밀한 관계를 갖고 있다. 그렇기에 현수의 입에서 무슨 소리가 나오는지 귀를 기울인 채 듣고만 있었다.

현수의 입에서 흘러나온 이야기는 경악에 경악을 거듭할 정도로 충격적이었다.

몽골과 러시아에 각각 10만㎢짜리 이실리프 자치구를 조성한다는 데 어찌 놀라지 않겠는가!

4,500㎢를 조차해 준 것도 크다고 생각했다. 개인이 개발할 범위를 크게 벗어난 규모라 생각한 때문이다.

그런데 그것보다 44배 이상 넓은 걸 개발한다니 어찌 놀라지 않겠는가!

어쨌거나 카구지가 너무나 놀라 말을 잇지 못할 때 현수의 말이 이어진다.

"그래서 말인데, 이곳의 규모도 러시아나 몽골처럼 더 키우고 싶습니다."

"그, 그런가? 얼마나 더 크길 바라는 건가?"

현수의 입에서 어떤 숫자가 나올지 기대된다는 표정이다.

"제게 10만㎢를 더 조차해 주십시오."

"어, 얼마? 시, 시, 십만?"

"네. 그 정도면 부족한 식량 대부분이 해결될 수 있을 겁니다. 그리고 상당히 많은 고용이 발생되겠지요."

"……!"

국토 전체의 23분지 1 정도 되는 면적이다.

미개발지는 많지만 정부는 여력이 없다.

다시 말해 땅만 넓지 그걸 개발해서 활용할 능력이 없다.

200년 정도 빌려주는 대신 식량문제를 해결할 수만 있다면 결코 나쁘지 않은 거래가 될 수 있다.

"제 생각엔 1,000만 명 이상이 우리 농장에 들어와서 살 수 있을 거라 생각합니다. 많은 일손이 필요하니까요."

"그, 그렇겠지. 아무렴!"

1,000만 명이면 전체 인구 중 13% 이상이다.

그 숫자만큼 고용이 늘어 안정된 생활이 가능해지면 국가로선 천군만마를 얻는 것이나 다름없다.

우선은 50%를 넘나들고 있는 실업률을 획기적으로 줄일 수 있다. 이것만으로도 큰일이다.

그런데 잘만 하면 이실리프 농장 등에 고용된 국민의 급여에서 세금을 뗄 수도 있다.

물론 이건 현수가 허락해 줘야 할 일이다. 치외법권 지역에서 일어나는 일이며 그곳을 현수가 주관하기 때문이다.

쓰지 않는 땅을 빌려주고 이러한 일들이 일어날 수만 있다면 위정자로서 뛰어난 업적을 남기는 일이다.

"혹시 우리 국민에게 지급한 급여에서 세금을 공제할 수 있도록 해줄 것인가?"

"……!"

머리 좋은 현수는 가에탄 카구지 장관의 말이 내포하고 있는 뜻을 금방 알아차렸다.

"네, 15%까지는 허용하겠습니다."

"흐으음, 조금 더는 안 되겠는가?"

장관은 20%쯤을 머릿속에 넣고 바라본다.

"이실리프 농장 등은 다른 회사보다 급여가 많을 겁니다. 따라서 15%라 할지라도 금액이 상당히 클 겁니다. 아까도 말씀드렸듯이 1,000만 명이 취업할 수도 있습니다."

"으음! 1,000만이라……."

대통령 경호실 소속 경찰관 급여가 10만 원 수준이다.

현재 이실리프 농장 등에 고용된 사람이 이만한 급여를 받고 있다. 똑같은 수준이라 했을 때 1,000만 명으로부터 걷는 세금 액수는 매월 1,500억 원이나 된다.

콩고민주공화국 정부는 지난 2008년에 국가 예산을 발표한 바 있다. 15년 만에 처음 있는 일이었다.

그때 발표된 액수는 36억 달러였다. 시간이 흘렀으니 현재는 이보다 많은 액수가 필요할 것이다.

그런데 이실리프 농장 등으로부터 새롭게 징수되는 세금 액수만 연간 1조 8,000억 원이다.

15억 달러나 세수가 늘어나는 것이다.

2008년을 기준으로 본다면 예산액의 41.6%가 이실리프 농장 등으로부터 나온다. 당연히 쌍수를 들고 환영해 마지않을 일이다. 국가 개발에 큰 도움이 될 것이기 때문이다.

생각이 여기에 미치자 가에탄 카구지의 고개가 크게 위아래로 끄덕여진다.

"좋네! 그렇게 하세."

"감사합니다, 장관님."

"자네가 요구한 10만㎢에 대한 자세한 문서가 필요하네. 내각회의 때 정식 안건으로 상정하여 처리하겠네."

"그저 감사할 따름입니다."

"오히려 내가 더 고맙네. 자네 덕에 우리나라가 크게 발전할 수 있을 것 같네. 한국인의 근면 성실함이 요즘 인구에 회자되는 건 아는가?"

"죄송합니다. 제가 워낙 바빠서……."

잘 모른다는 뜻이다.

"한국에서 온 천지건설과 이실리프 그룹사 사람들을 보고 우리 국민들이 깨우치는 바가 있다고 하네. 잠깐만."

말하다 말고 곁에 있는 인터폰을 길게 누른다. 그리곤 스크랩북을 가져오라고 지시를 내린다.

잠시 후, 노크 소리에 이어 비서가 큼지막한 스크랩북을 들고 들어온다. 표지엔 'KOREA'라 쓰여 있다. 보아하니 국가별 스크랩북이 존재하는 듯하다.

받자마자 표지를 넘기니 신문을 잘라 붙인 것이 보인다. 천지건설 직원이 안전모를 쓴 채 인터뷰한 사진이다.

굵은 글씨를 보니 '아침 6시 작업 개시' 라고 쓰여 있다.

한국인에게 이곳은 더운 곳이다. 그렇기에 1℃라도 낮은 새벽에 일하고 일찍 마치는 것이 좋다.

그렇기에 일찍 일어나 일을 시작한다는 것을 상당히 높이 평가하고 있다는 내용이다.

"추가로 조차해 줄 곳에도 많은 한국인이 들어오겠지?"

"아마도 그럴 겁니다. 한국으로부터 가져오는 각종 기계나 기구가 이곳 사람들에게 익숙하지 않아서입니다."

"부디 우리 국민들을 잘 가르쳐 주시게."

"…물론입니다. 반드시 그렇게 되도록 노력하겠습니다."

"좋아, 이실리프 농장에서 노천 금광이 발견되었다는 건 곧 신문에 날 것이네."

"감사합니다."

이로써 딜이 이루어졌다.

현수는 본인이 의도한 두 마리 토끼를 모두 잡은 것에 기분이 좋았다. 하여 환한 웃음을 지었다.

그러다 문득 장관의 낯빛을 보게 되었다.

눈 밑이 다른 곳보다 더 검다.

한방에선 이를 신(腎)이 허(虛)해서 그렇다 한다. 이 경우는 스태미나(Stamina)가 약하다는 진단을 받게 된다.

"장관님, 요즘 고민이 많으십니까?"

"엥? 그게 무슨 소리인가?"

"얼굴을 보니 요즘 사모님께 큰소리 못 치시겠군요?"

"엥? 한국에도 주술이 있나? 그걸 어찌 알았지?"

현수이기에 감추지 않고 티를 낸다.

"비아그라 너무 많이 쓰지 마세요. 왜 그런지는 아시죠?"

"나, 그거 안 쓰네. 그거 복용하면 메스껍고 심장 박동이 불규칙적이 되네."

"아! 그래서……."

"쩝! 몸에 좋다는 거 잘 챙겨 먹고는 있는데 별로 효과가 없네. 혹시 뭐 좋은 거 있나?"

동양엔 신비한 것이 많다는 것을 알기에 해본 말이다. 이는 이전에 만난 지나인들이 했던 말이다.

개뿔도 없으면서 괜히 신비스런 척했던 것이다.

"아! 잠깐만 계셔보세요."

말을 마친 현수는 밖으로 나갔다. 그리곤 아공간에 담긴 보라색 홍당무를 꺼냈다.

이 식물의 명칭은 모른다. 처음 보는 것이기 때문이다.

하여 보라색의 violet과 홍당무의 carrot을 합성하여 virrot이라 이름 붙였다. 바이롯만 달랑 주면 그렇기에 마법으로 갈아

그럴듯한 플라스크에 담았다.

“이게 뭔가?”

“바이롯이라는 천연 비아그라입니다. 이따 퇴근하고 한번 드셔 보십시오.”

“천연 비아그라? 그럼 부작용이 없다는 건가?”

“아마도 그럴 겁니다.”

인체에 해로운지의 여부를 확인하지도 않고 이런 말을 하는 이유는 본인이 마루타가 되었기 때문이다.

몸에 해를 끼치는 것이 체내로 들어오면 거부반응이 일어난다. 여러 번의 바디체인지를 겪으면서 자연스레 느끼게 된 현상이다. 몸에 좋지 않은 것에 민감해진 것이다.

바이롯을 먹었을 때엔 아무런 느낌도 받지 않았다. 인체에 무해하다는 뜻이다. 그렇기에 장담하고 권한 것이다.

“이걸 먹으라고?”

“네. 근데 하나를 다 드시면 밤새 한잠도 못 주무십니다. 그러니 3분의 1만 드십시오. 만일 그걸로 부족하다면 절반까지 드세요. 아니면…….”

현수의 말은 이어지지 못했다. 가에탄 카구지가 무릎을 치며 환히 웃은 까닭이다.

“핫핫! 맞네, 맞아! 자네가 젊긴 하지만 이런 게 필요했을 거야. 아암, 그렇고말고."

현수는 결혼한 지 이제 겨우 두 달쯤 되어가는 신혼이다.

가장 왕성할 때이긴 하지만 체력적으로는 달릴 것이다. 꽃처럼 어여쁜 부인이 셋이나 있기 때문이다.

따라서 동양의 신비한 무언가의 도움을 받았을 것이다. 그게 바로 투명한 플라스크에 담긴 보라색 액체이다.

집무실에서 나갔다 온 시간으로 미루어 짐작하면 주차장에 다녀온 듯하다. 그렇다면 늘 소지하고 있다는 뜻이다.

그렇기에 엉뚱한 상상을 하며 웃은 것이다.

"고맙네. 하하! 효과는 나중에 말해줌세."

짐짓 윙크까지 하며 환히 웃는다.

"하하! 네. 나중에 더 필요하면 말씀하십시오. 다시 말씀드리지만 과욕을 부려 너무 많이 드시지 마세요. 아셨죠?"

"그래, 그래. 알았네, 알았어."

현수가 내무장관 집무실을 나선 건 점심 식사 후이다.

같이 밥이나 먹자고 붙드는 바람에 금방 나올 수 없었던 것이다.

그러는 동안 이실리프 농장의 위치가 확정되었다. 반둔두와 비날리아 지역을 중심으로 범위를 더 넓힌 것이다.

*　　　*　　　*

"자기야, 어디 갔다 왔어요?"

"응, 내무장관님을 뵙고 왔어. 이제 좀 괜찮아?"

"네, 많이 나아졌어요."

연희는 부끄러운 듯 고개를 숙인다. 바람에 하늘거리는 귀밑머리가 아주 유혹적이지만 참았다.

잘못하면 짐승 소리를 들을 수도 있기 때문이다.

"점심은요?"

"장관님과 함께했어. 자기는?"

"저도 먹었어요."

대화를 하며 이 층으로 올라가자 이리냐가 튀어나온다.

"자기이……!"

"아! 이리냐, 이제 괜찮아?"

"치잇! 자기 때문에 죽을 뻔했어요. 근데 자기 사람 맞아요? 짐승도 아닌데 어떻게……. 언니, 아까 뭐라고 했죠? 자기야가 변강쇠라고 했죠?"

"응? 아, 아냐. 내, 내가 언제……."

연희는 얼른 도리질을 한다.

남편 없는 곳에서 뒷담화했다는 걸 걸리기 싫은 것이다. 하지만 눈치 없는 이리냐는 막무가내이다.

"아까 언니가 그랬잖아요. 우리 남편은 아무래도 변강쇠

같다구요. 근데 변강쇠가 대체 뭐예요? 무슨 쇳덩어리예요?"

이리냐는 순진무구한 표정이지만 연희는 두 볼이 새빨갛게 변한다. 하여 현수는 개구진 웃음을 지었다.

"내가 변강쇠라구? 하하, 하하하!"

"치! 농담이었단 말이에요."

연희가 입술을 삐죽 내민다. 이리냐 때문에 늘 우아하고 고상하게 보이길 바라는 본인의 모습이 깨진 때문이다.

"이리 와."

현수는 연희 먼저 잡아당겨 품에 안았다.

"그렇게 힘들었어?"

"치, 그걸 말이라고 해요? 어제는, 아니, 새벽에는 이러다 죽는 거 아닌가 겁이 났단 말이에요."

"어디 아팠어?"

"아뇨. 너무 좋아서요."

얼떨결에 말을 해놓곤 아차 싶었는지 혀를 쏙 내민다. 섹시하면서도 귀여운 모습니다.

현수는 이리냐마저 당겨 안았다.

"이리냐, 변강쇠가 뭐냐 하면……."

"아악! 말하지 말아요!"

"하하! 하하하하!"

두 여인을 품에 안은 현수는 호탕한 웃음을 지었다.

"그러니까 우리 뒤 정원에 그런 게 있다구요?"

"응. 대강 둘러봤는데 제법 있더군."

현수는 바이롯에 관한 이야기를 했다. 아내들에게 짐승 같다는 말을 듣기 싫어서이다.

연희가 먼저 눈을 동그랗게 뜬다.

정원을 가꾸면서 잘 모르는 식물이 눈에 뜨이면 가가바 부부 등에게 무엇인지를 물었다.

잡초라 하면 캐내고 아니라 하면 옮겨 심거나 가지치기를 하여 보기 좋게 가꾸는 중이다.

워낙 넓기에 정원사가 셋이나 있지만 아직 손도 못 댄 곳이 태반이다. 현재는 호수 안에 조성된 인공 섬 주변만 정리되어 있을 뿐이다.

바이롯의 경우는 연희에게 있어 골치 아픈 식물이다. 보기에도 별로였고 다른 것의 생장을 더디게 했다.

하여 눈에 뜨이는 족족 캐버렸다. 그럼에도 박멸되지 않았다. 땅속에 뿌리가 거미줄처럼 뻗어 있기 때문이다.

어쨌거나 쓸모없는 잡초로 알고 있는 바이롯이 아무도 알지 못하는 천연 비아그라라는 말에 놀랐다는 듯 눈을 크게 뜬다.

현수는 내무부에서 오는 길에 생각했던 바를 이야기했다.

CHAPTER 02

천연 비아그라 바이롯

"이걸 잘 가꿔서 약품 원료로 쓰면 어떨까 해."

아프리카에 이실리프 약품을 만들 생각을 해보았다.

한국에서 연구 인력을 데려다 이곳에서 생산하는 것이 좋을 듯싶다. 국가 개발을 위해 애쓴다는 이미지를 줄 수도 있고, 싱싱한 원료를 시차 없이 공급받을 수도 있다.

게다가 비밀 보장까지 된다.

이곳은 아직은 후진국이라 선진국에서 파견한 스파이가 거의 없다. 있다 하더라도 대부분 백인 아니면 황인종이다.

쉽게 눈에 뜨이므로 보안 유지가 유리하다. 하여 현지 생산을 고려한 것이다.

"정말 아무런 부작용이 없다면 상당히 괜찮을 것 같아요."

"맞아요. 러시아에서도 비아그라 많이 팔린다고 했어요."

비아그라는 정품이든 복제 약이든 심혈관 계통에 문제 있는 사람이 복용할 경우 치명적인 부작용을 일으킬 수 있다.

비아그라는 발기부전 치료용이지만 바이롯의 경우는 그것과는 다른 효과가 있어 변강쇠로 만드는 것이다.

비아그라는 원래 고혈압 치료제로 개발된 것이다. 하지만 여러 부작용 때문에 부적격 판정을 받았다.

이미 막대한 연구비를 투자하였기에 연구 결과는 버려지지 않았다. 어떻게든 살려보려 애쓴 것이다.

그 결과가 발기부전 치료제로 알려진 것이다.

바이롯의 경우는 약해진 정력을 급속하게 북돋아주는 효능이 있다. 그리고 근본 원인을 빠르게 개선시켜 준다.

뿐만 아니라 혈행 속도도 나아지게 하는 효과가 있다.

인체의 혈액 순환이 느려지면 혈관 내에 혈전[2]이 쌓이기 쉽다. 이때 하지정맥류 환자는 가중된 통증을 느끼게 된다. 타는 듯하거나 저린 느낌이 훨씬 심해지는 것이다.

증상이 심하지 않다고 방치할 경우 정맥류는 점점 더 심해진다. 그 결과 피부 변색, 피부염, 궤양, 혈관염, 출혈 등 합병

2) 혈전(血栓, Thrombus) : 혈관 속에서 피가 굳어진 덩어리. 혈전증이란 혈전에 의해 발생되는 질환이다.

증이 생길 수도 있다.

바이롯은 이런 것까지 나아지게 하는 부수적인 효과가 있다. 따라서 발매만 되면 센세이션을 일으키게 될 것이다.

"만들어내면 잘 팔릴 것 같아?"

"네, 틀림없이 성공할 거예요."

"그럼요. 근데 자기야는 먹지 말아요. 나 죽을 뻔했어요."

이리냐의 애교에 현수는 피식 실소를 지었다.

"미안해. 알았어."

현수는 사랑하는 아내들과 단란한 한때를 보냈다. 식사를 하곤 연희가 가꾸는 인공 섬으로 갔다.

전과 다르게 아주 깔끔하게 손질되어 있다.

"우와! 엄청 좋아졌네."

"호호, 그죠? 제가 애 많이 썼어요."

연희는 자랑스럽다는 표정을 짓는다.

"그래, 완전히 달라졌어. 아주 아늑해 보이고 좋네."

연희가 먼저 기다란 소파에 앉자 허벅지를 베고 누웠다.

"이러고 있으니까 너무 행복하다."

"저도요. 사랑해요."

"나도. 그런 의미에서 우리 여기에서……."

분위기 상 한 편의 에로영화가 찍힐 판이다. 그런데 주머니 속의 휴대폰이 부르르 떨고 있다.

"어, 주영이네. 잠깐만."

자리에서 일어서는데 주영의 화난 음성이 들린다.

"야, 너 지금 어디냐?"

"여기? 킨샤산데 왜?"

"야, 너 내가 뭐라고 했냐? 너 바쁜 거 알지만 나도 엄청 바쁘다고 했지? 그랬어, 안 그랬어?"

"그랬지. 근데 왜? 아, 미안 미안. 내가 깜박했다."

지현을 내려놓고 천지건설로 갈 때 주영과 통화했다. 그때 이실리프 상사로 가겠다고 약속했는데 깜박했다.

"야, 나는 너 언제 올지 몰라 퇴근도 못하고 밤새웠다. 결혼식 얼마 안 남은 거 알지?"

"……!"

지금은 입이 백 개라도 할 말이 없는 상황인지라 아무런 대꾸도 하지 못했다.

"나 웨딩촬영도 해야 하고 결혼식 준비로 할 것도 많았다. 근데 온다는 놈이 안 와서 다 취소했어. 근데 어디라고? 킨샤사? 거기까지 날아갈 시간은 있고 내게 못 온다는 전화 한 통 할 시간은 없었냐?"

"아, 미안. 미안해. 정말 미안하다. 너도 알다시피 내가 요즘 정신이 없잖아."

"웃기는 소리 하지 마! 신문에 났더라. 너 아이큐가 255라며? 세계 최고의 두뇌를 가진 놈이 정신이 없어?”

속사포처럼 쏴대는 주영의 투덜거림에 현수는 할 말을 잃었다. 하나 대꾸하지 않을 수 없다.

일단은 달래는 것이 최선이다.

“야, 진짜 바빠서 그랬어. 게다가 긴급하게 처리해야 할 일도 있었고. 해서 아제르바이잔에 들렀다가 출국한 김에 이리로 온 거야. 여기 안 온 지 꽤 돼서.”

“그래도 그렇지, 나 이틀이나 퇴근 못했다. 어쩔래?”

“끄응!”

“은정 씨가 결혼도 하기 전에 외박했다며 이 결혼 다시 생각해 보자고 하는데 어쩔 거야? 엉? 이 결혼 깨지면 니가 나하고 결혼할 거야?”

“야, 진짜 미안하다. 나, 다시는 너하고 하는 약속 안 잊을 테니 이만 화 풀어라.”

“어휴, 진짜! 아무튼 최대한 빨리 내 눈앞에 나타나. 알았어? 늦으면…….”

“알았다, 알았어. 최대한 빨리 갈게.”

통화를 마친 현수는 이마에 솟은 진땀을 닦아냈다.

주영의 말처럼 자신 때문에 둘의 결혼이 깨지거나 하면 안 되기 때문이다.

물론 주영의 말은 반쯤 공갈이다. 상냥하고 부드러우며 이

해심 깊은 이은정 실장이 그런 말을 했을 리가 없다.

너무 화가 나서 순간적으로 주영이 지어낸 말이다. 이런 속사정을 모르기에 덥지도 않건만 진땀을 흘린 것이다.

"왜 그래요? 자기 주영 씨에게 뭐 잘못했어요?"

"응. 회사에서 대기하라 해놓고 출국해서 이틀이나 퇴근 못하고 기다렸대."

"어머! 결혼식 얼마 안 남아서 할 일 엄청 많을 텐데. 이번엔 자기가 잘못했네요."

"그치? 되게 미안하네. 근데 어쩌지?"

"뭐를요?"

"주영이가 이틀 동안 외박했다고 이 실장이 결혼 다시 생각해 보자고 그랬대."

"어머! 그럼 어떻게 해요?"

순진한 연희 역시 주영의 농간에 넘어간다.

"빨리 귀국해서 달래줘야 할 것 같지?"

"네, 얼른 가세요."

"쩝! 이번엔 조금 오래 있으려 했는데 할 수 없군. 이따 밤에 귀국할 테니까 준비해."

"준비요? 무슨 준비 말씀이세요?"

연희가 무슨 뜻이냐는 표정이다.

"주영이 결혼식 얼마 안 남았는데 당신하고 이리냐도 참석해야 하잖아. 안 갈 거야? 나중에 오지 말고 나 갈 때 같이 가."

"아, 맞아요. 알았어요. 준비할게요."

에로틱할 뻔한 분위기는 대번에 쇄신되었다. 서둘러 정리하곤 다시 저택으로 돌아왔다.

알리사 등과 커튼 교체작업을 하고 있던 이리냐는 신이 났다. 킨샤사보다는 서울이 훨씬 역동적이기 때문이다.

부모님들께 인사드리고는 곧바로 출국했다.

"어서 오세요, 보스. 그리고 두 분 사모님."

스테파니가 깍듯이 고개를 숙여 예를 갖춘다.

"아, 반가워요."

"앞으로 잘 부탁해요."

"네, 사모님들!"

귀국하는 내내 연희와 이리냐는 재잘거렸다. 그동안 있었던 일을 미주알고주알 다 이야기한 것이다. 덕분에 저택과 인근에서 벌어지는 일에 대한 상세한 정보가 습득되었다.

킨샤사 현지인들은 다니던 직장을 그만두고라도 이실리프 그룹사, 또는 천지약품에 취업하길 고대한다.

하는 일은 평범하지만 최고급 직장으로 인식되고 있기 때문이라고 한다. 물론 높은 급여수준과 주택제공 같은 상상도 할 수 없는 복지혜택이 한몫했다.

하여 천지약품과 이실리프 그룹의 로고가 그려진 자동차는 어디서든 환영 받는다.

참고로 천지약품 로고는 비둘기가 두 개의 나뭇잎을 물고 있는 그림이다. 비둘기는 평화의 상징이고, 두 잎사귀는 의료와 복지를 의미한다.

이실리프 그룹의 로고는 원래 마법사의 로브에 스태프와 검이 교차하는 것이었다.

하지만 그걸 쓰지 않기로 했다. 의미를 설명하기 어렵기 때문이다. 하여 날개 달린 어린 천사 그림으로 교체했다.

날개는 이 세상 어디든 훨훨 날아가겠다는 뜻이고, 어리다는 것은 장차 더 발전하겠다는 의미이다.

마지막으로 작은 보석이 박힌 스태프를 들고 있는 천사는 선행을 하겠다는 일종의 자기 다짐이다.

어쨌든 이실리프 그룹의 로고가 그려진 차는 정부군은 물론이고 반군이 점령하고 있는 지역도 무사통과이다.

정부군이야 그렇다 쳐도 반군까지 이토록 우호적인 이유는 비날리아 지역에 채용된 인원 대부분이 그들의 식솔이기 때문이다.

하여 늘 정부의 조치에 반감을 드러내던 반군들과 반정부 인사들마저 이실리프 그룹에는 따뜻한 시선을 보낸다.

그렇기에 이실리프 그룹사에 4,500㎢나 되는 토지를 200년간 치외법권 지역으로 조차한 것이야말로 모범적인 외자 유치라는 평가를 내린 바 있다.

천지약품의 공동대표가 이실리프 그룹사 총회장이라는 것도 알려진 사실이다.

그리고 천지건설 및 천지그룹 계열사들이 콩고민주공화국에 진출하도록 한 장본인이라는 것도 보도되었다.

천지그룹에선 이곳으로 직원을 파견하기 전 철저한 교육을 실시한다.

첫째, 원주민을 깔보지 말라.

둘째, 원주민을 대할 때 정중함을 유지하라.

셋째, 부정부패에 연루되지 말라.

일련의 교육을 통해 단단히 주의를 받은 천지그룹 직원들은 원주민들과의 관계를 중요시하고 그에 따른 대접을 한다.

그렇기에 평판이 아주 좋다.

이전에 관급공사 거의 전부를 수행하던 지나 건설사 직원들과는 사뭇 다른 태도이다. 그들은 원주민들을 대놓고 무시했고, 하층민 취급을 했다.

그렇기에 그 차이를 더 크게 느끼는 듯하다.

하여 킨샤사뿐만 아니라 전역에 새로운 장르의 한류 열풍

이 부는 중이다.

한국에 대한 우호적인 시선이 대세가 된 것이다. 이쯤 되면 천지그룹 임직원들은 아주 훌륭한 민간 외교관이다.

연희와 이리냐로부터 들은 이야기를 종합해 보면 가에탄 카구지에게 추가로 요청한 10만㎢는 쉽게 허용될 듯하다.

"참, 우리 농장에서 노천 금광이 개발되었어."

"노천 금광이요? 그럼 그냥 금덩이를 줍는단 말인가요?"

"그런 셈이지."

"우와! 진짜요? 금 많아요?"

연희와 이리냐에게 거짓말하는 것이 미안했지만 남을 속이려면 측근부터 속여야 한다.

그렇기에 약간의 살을 붙여 그럴듯한 상황을 만들어냈다.

"그럼 거기서 금이 많이 나요?"

"응. 제법 나지. 왜? 금이 필요해? 줄까?"

"어머! 정말요?"

"그게 뭐 어려운 일이라고. 아공간 오픈!"

스테파니가 없기에 아공간을 열어 금괴 두 개를 꺼냈다. 12.5㎏짜리이다.

"으윽! 뭐가 이렇게 무겁죠?"

이리냐가 이맛살을 찌푸린다. 크기는 작은데 엄청 무겁게 느껴진 때문이다. 연희도 마찬가지이다.

"무겁지? 그러니까 금이지. 줄까?"

"아뇨. 이런 건 싫어요."

금으로 만든 반지나 팔찌였다면 얼씨구나 하면서 받았을 것이다. 그게 아니라 벽돌같이 생겼는데 무겁기만 하니 얼른 내민다. 도로 가져가라는 뜻이다.

스테파니가 보면 안 되기에 얼른 아공간에 넣었다.

"아무튼 이런 걸 얻을 수 있는 금광이 있어. 얼마나 나올지는 모르지만."

"나중에 필요하면 말할게요."

"그래, 언제든지."

금으로 집을 지어줄 수도 있을 정도로 많다. 그렇기에 흔쾌히 고개를 끄덕이며 웃어주었다.

귀국하는 길은 내내 즐거웠다. 지저귀는 종달새 둘이 있기 때문이다. 전과 다르게 스테파니는 조종실에 머물렀다.

자기보다 훨씬 예쁜 연희와 이리냐가 보스와 행복한 한때를 보고 있는 것이 왠지 샘났기 때문이다.

* * *

"야, 너!"

"미안하다, 미안해!"

"그래도 그렇지. 아, 어서 오십시오."

현수에게 무어라 투덜대려던 주영은 뒤따라 들어온 연희와 이리나를 보고는 얼른 고개 숙여 예를 갖춘다.

그러고 보니 정말 퇴근 않고 기다렸는지 수염이 덥수룩하다. 곧 결혼할 새신랑 분위기가 전혀 나지 않고 있다.

"우리 공항에 도착하자마자 이쪽으로 직행한 거다. 그러니까 내가 깜박한 거 이제 잊어라. 알았지?"

"휴우! 그래, 알았다. 아무튼 앉자. 두 분도 앉으세요."

"네."

"전 화장실에 좀 다녀올게요."

연희는 앉았고, 이리나는 자리를 비웠다.

"은행 설립 최종 인가가 떨어졌다는 이야긴 들었고, 직원들은 다 뽑았냐?"

"너는 좋겠다. 말만 하면 다 되니까. 나는 네가 말 한마디 하면 그때부터 뼈 빠지게 일해야 하는데."

"미안하다. 앞으론 가급적 네 업무량 줄여줄게."

"오냐. 꼭 그렇게 해다오. 나 이러다 진짜 죽을 거 같다."

"죽으면 안 되지. 알았다, 알았어."

주영은 이제야 조금 분이 풀리는지 표정을 바꾼다.

"그나저나 형.수.님.들. 하곤 잘 지내냐?"

한 글자씩 또박또박 말하는 걸 보니 아직 맺힌 게 다 풀린

건 아닌 듯싶다.

“그럼. 나야 그렇지. 너는 결혼 준비 잘되고 있지?”

“잘될 턱이 있냐? 집에도 못 들어가는데. 은정 씨와 장모님, 그리고 할머니께서 고생하시지.”

“그래, 내가 나중에 죄송하다고 말씀드릴게.”

“아무튼 일 얘기부터 하자. 전국에 4~5층 빌딩 100개 매입은 끝났다. 계열사 별로 돈 낸 걸로 소유권 이전 등기까지 마쳤어.”

말을 하며 준비된 서류들을 내놓는다.

전국 각지에 매입한 건물의 등기서류와 사진, 그리고 평면도와 입면도 등이다.

현수와 주영의 대화가 길어지자 연희는 슬그머니 일어나 밖으로 나간다. 이실리프 빌딩을 둘러보고 오겠다고 한다.

그러라 하고는 다시 말문을 열었다.

“1층은 울림 모터스가 입주해. 참, 박동현 대표하고 통화했는데 회사 명칭 바꾼다고 하더라.”

“그래? 무엇으로 바꾼다는데?”

한 번도 생각지 않은 일인지라 의아한 표정을 지었다.

“뭐긴, 이실리프 모터스지. 네 지분이 제일 많다며?”

“그래? 그렇긴 하지만 굳이 그럴 필요 없는데.”

“울림보다는 이실리프라는 브랜드가 더 고급이래. 그리고 더 널리 알려졌고. 그래서 바꾼다고 하더라. 아무튼 1층엔 이실리프 모터스 전시장이 입주할 거야. 그리고……."

주영은 종이를 꺼내놓고 합의 사항을 하나하나 기록하기 시작했다.

전국 각지의 건물은 이실리프 빌딩으로 이름을 바꾼다.

울산 빌딩, 인천 빌딩, 전주 빌딩, 충주 빌딩, 서귀포 빌딩 등 지역 이름으로 구분한 것이다.

1층은 자동차 전시장과 이실리프 뱅크가 들어선다.

2층은 이실리프 농산, 축산, 농장에서 생산된 작물 및 육류 등이 판매된다. 이 밖에 항온 의류 매장이 들어선다.

3층은 이실리프 카페와 쉐리엔, 건강 3.65%, 그리고 청향 직판장으로 쓴다. 남는 공간은 지역 주민을 위한 작은 도서관이 들어설 예정이다.

4층과 5층은 각 점포의 점장과 직원 거주지로 쓰인다. 지하층은 각 점포의 창고와 주차장 용도로 쓰인다.

"뭐? 의자를 네가 직접 고른다고?"

"그래. 그러면 안 돼?"

"야, 너 엄청 바쁘다며? 그런데 고작 상담하러 오는 손님용 의자를 고르러 다니겠다고?"

"응. 그것만은 내가 할 거니까 그런 줄 알아."

"대체 무슨 의도로……? 휴우! 알았다. 그건 네 맘대로 해라. 별일도 아니니."

"그래, 미리 주문해 놓을 테니 건물들 주소나 넘겨."

"알았다. 이메일로 보내줄게. 자, 그건 그렇고, 너 또 무슨 일 벌이려고 하지?"

"어라, 어떻게 알았냐?"

현수는 놀랍다는 표정으로 주영을 바라보았다.

"날마다 하나씩 벌이잖아. 뭔데? 어서 털어놔."

"콩고민주공화국 현지에서 노천 금광이 발견되었다."

"뭐? 금광?"

주영이 눈을 크게 뜨고 자리에서 벌떡 일어난다.

"그래서 이실리프 금광이라는 회사를 현지에 만들 거야. 아, 이건 내가 현지에서 알아서 할 테니 넌 신경 꺼도 된다."

"그, 그래? 그런데 진짜 금광이야?"

"오냐. 그것도 노천 금광이다. 그냥 줍기만 하면 돼."

"우와! 너 정말 재수 좋다."

주영은 진심으로 부러워하는 표정이다. 그러거나 말거나 말을 이었다.

"이실리프 농산, 축산, 농장은 규모가 확장될 거야. 지도 가져와 봐."

"잠깐만!"

전에 들은 이야기가 있기에 발작하진 않는다.

잠시 후, 주영은 입을 딱 벌리고 있다.

현수가 형광펜으로 표시한 이실리프 농장 등의 규모가 상상을 초월하기 때문이다.

4,500㎢짜리도 어마어마하다 여기고 있다. 그런데 거기에 플러스 10만㎢라니 어찌 놀라지 않겠는가!

"여기까지 조차 받을 거야. 그러니까 지금보다 인력이나 장비 등을 더 많이, 더 빨리 수배해야 할 거야."

현수가 표시한 걸 보면 타조알 속에 메추리알을 그려 넣은 듯하다. 타조알이 새로 획득할 땅의 경계이고, 메추리알은 현재 개발 중인 곳이다.

"끄응! 지금도 죽겠는데……. 아무튼 알았다. 이제 이게 끝이지?"

"아냐. 하나가 더 있는데 그건 너하고 별 상관없다. 그래도 알아두긴 해라."

"뭔데?"

"우연히 천연 비아그라를 발견하게 되었어. 인체에 부작용이 하나도 없는 거야. 먹으면 허약체질도 변강쇠가 된다."

"변강쇠?"

주영은 곧 결혼하게 되는데 본인의 정력이 약하다 생각하고 있다. 그렇기에 은근히 그쪽에 신경을 쓰고 있다.

그런데 허약체질도 변강쇠가 된다니 흥미가 돋은 것이다.

"그래. 신혼 첫날밤에 한번 써봐. 끝내준다."

"정말?"

"속고만 살았냐? 나 좀 믿어라. 내가 그렇다면 그런 거야. 안 그래?"

현수는 아무도 고칠 수 없던 한쪽 팔을 정상으로 만들어주었다. 따라서 의학적으로 지식이 있다 생각하고 있다.

그렇기에 고개를 끄덕이며 현수가 내민 플라스크를 받아 들었다. 바이롯을 먹기 좋게 간 것이다.

홍당무, 감자, 호박, 사과, 바나나 등은 믹서로 갈면 비타민이 쉽게 파괴된다.

그렇지만 양배추, 양파, 무, 토마토, 귤은 무방하다.

그런데 바이롯에서 얻으려는 건 비타민이 아니다. 하여 믹서로 갈았다. 원료가 무엇인지를 감추려는 의도이다.

주영을 못 믿어서가 아니다. 바이롯을 주면 결혼식까지 어딘가에 보관할 것이다. 주영이 아닌 다른 사람이 볼 수 있기에 보안 차원에서 이런 조치를 취한 것이다.

"이게 그렇게 대단한 효과가 있어?"

"자식, 백문(百聞)이 불여일음(不如一飮)이다. 나를 믿어라. 신혼여행 가거든 저녁 먹고 나서 분위기 잡기 직전에 마셔라. 그러면 효과를 뼈저리게 느끼게 될 것이다."

"크크크, 뼈까지 저려?"

"오냐. 난 아주 짐승 취급당했다. 크크, 너도 한번 당해봐야지. 안 그러냐?"

"크크, 크크크! 알았다. 고맙다."

주영은 바이롯을 받아 책상 서랍에 곱게 모셔놓는다. 사내들이란 이렇다. 둘은 서로를 바라보며 나직한 웃음을 지었다.

같은 시각, 화장실을 가겠다며 나간 이리냐는 웃음꽃 핀 얼굴로 누군가와 대화하고 있다.

이실리프 상사 고문변호사인 예카테리나 일리치 브레즈네프가 그녀이다. 이곳은 그녀의 집무실이다.

"그래서 언니는 잘 지냈어요?"

"그럼. 이리냐는 어때? 그리고 여긴 웬일이야?"

"이 회사에 볼일이 있어서 왔어요."

"그래? 우리 오랜만에 만났는데 이따 한잔 어때?"

"저야 좋죠. 시간 날 때 전화 주세요."

둘이 대화하는 동안 연희는 변기 위에 쪼그리고 앉아 있다. 회사 구경하다 요의를 느껴 화장실로 왔다.

볼일을 보고 일어서려는데 누군가 들어왔다. 그리고 대화가 시작되었는데 그 내용 때문에 숨죽이고 있는 중이다.

"본부에 보고할 게 그거뿐이야?"

"네. 여긴 아무리 털어도 먼지가 별로 안 나와요. 이런 회산 처음이에요."

"당연하지. 실제적인 일은 콩고민주공화국에서 이루어지고 있으니까. 여긴 인력 송출 작업과 각종 기자재를 발송하는 일밖에 안 해. 몰랐어?"

"아, 그런가요? 죄송합니다. 전임자로부터 인수인계를 받지 못한 상황에서 긴급하게 현장에 투입되어 몰랐습니다."

"아무튼 특별히 보고할 건 없다는 거지?"

"네, 없습니다. 다만 한 가지 의아한 건 있습니다."

"뭐지?"

"자금 출처입니다. 막대한 자금이 있는데 출처가 모호합니다. 김현수 사장이 외부에서 자금을 끌어왔는데 액수가 어마어마합니다."

"그래? 얼마나 되기에?"

"엄청나게 썼는데도 아직도 16조 원이 넘습니다."

"뭐? 얼마?"

예상치 못한 숫자였는지 보고 받던 여인의 음성이 커졌다.

"팀장님!"

"아, 미안. 너무 놀라서. 근데 얼마라고? 16조?"

팀장의 음성은 확연하게 낮아졌다.

"네. 제가 확인한 바에 의하면 이 회사는 방위사업체인 KAI와 세트렉아이, 그리고 퍼스텍 주식의 대부분을 사들였습니다. 이 밖에 상당히 많은 제약사 주식을 샀습니다. 그리고도 남아 있는 돈이 16조 원이 넘습니다."

"헐……!"

팀장이라는 여자는 할 말을 잃었다는 듯 탄성만 낸다. 하지만 이내 냉정을 되찾는다.

"일단 돈이 어디서 흘러들었는지 확인해. 용처도 일일이 체크해 두고. 이쪽 사람들 눈치 빠르니까 신분 노출되지 않도록 유의하고. 알았어?"

"네. 전임자가 어떻게 해서 그만뒀는지 압니다. 최대한 주의를 기울이겠습니다."

"필요한 게 있으면 본부로 연락하지 말고 내게 전화해. 자, 이건 내 전화번호야."

"네, 팀장님."

대화를 마친 둘이 화장실을 나가고도 한참 동안 연희는 움직이지 않았다. 혹시 모르기 때문이다. 이런 우려는 적중했다. 나간 것으로 알고 있던 팀장의 음성이 들린 것이다.

"흐음! 내가 잘못 들었나?"

삐이꺽! 철컥—!

또각, 또각, 또각……!

하이힐 굽 소리가 복도를 울린다. 연희는 혹시 몰라 한참을 더 머물렀다.

"으으! 쥐 올랐어."

쏴아아—!

물을 내리곤 저린 자리를 주무르며 밖으로 나왔다. 혹시 몰라 주변을 둘러보았으나 아무도 없다.

"어서 현수 씨에게 알려야 해. 그런데 어디 소속이지? 왜 이 회사를 감시할까?"

이실리프 상사는 개인이 설립한 회사이다. 국제적인 활동을 하지만 전혀 의심 받을 게 없는 기업이다.

그런데 조금 전 두 여자의 대화는 어떤 기관에서 이실리프 상사를 주시하고 있음을 증명한다. 그리고 뭔가를 캐기 위해 조직원을 침투시켰다.

잘 들어보았지만 어디에서 보냈는지, 구체적인 목적이 뭔지는 감을 잡을 수 없었다. 연희는 서둘러 전무이사실로 향했다. 이때 복도를 걸어오는 두 여신이 보인다.

이리냐와 테리나가 오고 있는 것이다.

"아, 언니!"

"응!"

시선이 마주치자 이리냐가 먼저 환히 웃으며 손을 흔든다.

공식적으론 친분만 있는 사이일 뿐 한 남자가 둘의 남편이라는 건 아무도 모르는 사실이다.

"이리냐, 아는 사람이야?"

"네, 잘 아는 언니예요."

"그래? 정말 예쁘다. 친해?"

"그럼요. 엄청 친하죠. 소개해 줄까요?"

"응? 그, 그래."

이리냐와 테리나가 대화를 하며 가까이 다가오자 연희는 환히 웃으며 기다렸다. 어차피 같이 갈 것이기 때문이다.

"언니, 이쪽은 예카테리나 언니예요. 이쪽은 강연희 언니구요. 서로 인사하세요."

"아! 안녕하세요?"

"네, 안녕하세요? 참 예쁘시네요."

"그쪽도요. 제가 본 여자 중에 제일 예뻐요. 어쩜 이렇게 예쁠 수가 있어요?"

테리나는 진심으로 감탄했다.

한국에 온 이후 많은 여자를 보았다. 텔레비전을 켜면 탤런트, 배우, 가수가 나온다. 하나같이 미녀들이다.

하지만 테리나가 감탄할 정도는 아니다. 본인 또한 대단한 미녀이기에 워낙 눈높이가 높아서이다.

그러던 어느 날 신문에서 아주 예쁜 미녀를 보았다.

김현수의 부인이 될 여주인공이 권지현이라는 기사에 실린 사진이다. 화장기 없는 얼굴이지만 어떤 배우나 탤런트보다도 예쁘다고 느꼈다.

그때의 솔직한 느낌은 낙담이었다. 놀라운 능력을 가진 현수에게 마음이 막 열리고 있었기 때문이다.

두 번째로 놀란 미녀는 항온의류 화보촬영 때 만난 이리냐 파블로비치 체홉이다.

같은 러시아 출신이라 금방 친해졌는데, 기념으로 보관하고 있는 그때 찍은 원판사진을 볼 때마다 감탄한다.

잡티 하나 없는 아름다운 얼굴과 늘씬한 교구가 참으로 조화롭다 생각했다. 게다가 대학을 졸업한 재원이다.

날씬하고 예쁘기만 한 머리 텅 빈 블론디가 아닌 것이다.

오늘 전혀 예상치 못한 곳에서 세 번째로 놀랐다.

복도 저편에서 걸어오며 환히 웃는 강연희가 그 장본인이다. 현수의 와이프가 된 권지현만큼이나 아름답고 교양미가 넘친다.

그런데 동생을 하기로 한 이리냐가 아주 잘 안다고 한다. 둘 사이엔 아무런 교집합[Intersection set]이 없는 것 같다. 그런데 아주 친한지 너무도 살갑게 대한다.

순간적으로 그게 뭘까 궁금했다. 하여 환히 웃으며 속내를 드러내 최상의 찬사를 던졌다.

이때 제일 예쁘다는 표현을 쓴 건 아직 결혼하지 않은 미스 중에 그렇다는 뜻이다. 테리나에게 있어 권지현은 미세스 중에 제일 예쁜 여자인 것이다.

CHAPTER 03

휴우! 들킬 뻔했어

"언니, 전무이사실로 갈 거지?"

"그래야지. 가자."

너무도 순진무구하여 어떨 땐 아무 생각 없는 것 같은 이리냐의 말에 연희가 환히 웃으며 고개를 끄덕인다.

테리나는 '대체 무슨 용무로 가지?' 하고 생각했다.

본인 역시 전무이사실로 가는 중이다. 주영이 지시한 법률적 검토에 대한 보고를 할 시간이기 때문이다.

"언니는 어디로 가요?"

"나? 나도 전무이사실이야. 같이 가."

가보면 알 것이기에 두말 않고 앞장섰다. 이때 연희와 이리나는 테리나가 모델인 것으로 인지하고 있다.

이리나의 경우는 처음 만났을 때 테리나가 하버드 로스쿨 출신 변호사라는 말을 듣기는 했는데 잊었다.

당시엔 현수에게 정신이 팔려 있었기 때문이다.

연희는 브로셔에서 보았기에 모델이라 생각하는 것이다.

또각, 또각, 또각!

세 여인이 전무이사실로 향하는 동안 복도에 있던 사람들이 모두 놀라면서 물러선다.

물론 그들의 시선은 셋에게 향해 있다. 천사처럼 아름다운 세 여신이 강림했기에 모두들 눈을 크게 뜨고 있다.

그러거나 말거나 셋은 곧장 주영의 사무실로 향했다.

똑, 똑, 똑!

"네, 들어오세요."

벌컥—!

"아! 어서 와요, 미스 브레즈네프!"

"네, 전무님. 어머, 현수 씨도 와 계시네요."

"아! 테리나, 어서 와."

현수가 테리나에게 아는 척을 한 바로 다음 순간 이리나의 천진무구한 음성이 들린다.

"자기야, 까차 언니 알죠?"

"…자기?"

테리나의 시선이 현수에게 쏠린다. 어찌 된 영문인가 싶은 것이다. 지난 크리스마스에 결혼했으니 이제 겨우 두 달 된 새신랑이다. 그런데 이리냐와 바람이 났나 싶은 것이다.

"까차? 그럼, 잘 알지. 두 번이나 북한에 같이 갔다 왔는걸. 자, 앉아. 연희도 앉고."

심상치 않음을 깨달은 연희는 엉거주춤하며 앉았지만 이리냐는 아니다. 아직 분위기 파악이 안 된 것이다.

하여 냉큼 현수의 오른쪽으로 다가가 바로 곁에 앉으며 현수의 팔을 껴안는다.

현수가 슬쩍 밀어내는 몸짓까지 했지만 이리냐는 연희에게 언니는 왜 왼쪽으로 가지 않느냐는 표정이다.

"험험! 미스 브레즈네프, 내가 말했던 법률적 검토는 어떻게 되었습니까?"

눈치 빠른 주영이 분위기 쇄신용으로 꺼낸 말이다.

"아, 그거요. 검토해 본 바에 의하면 우리 쪽은 문제 될 게 없습니다. 주문은 그쪽에서 먼저 했지만……."

잠시 업무에 관한 이야기가 오갔다. 각종 장비를 현지로 보내면서 문제가 발생되었다.

이실리프 상사는 중장비 등을 생산하는 회사의 생산량 거의 전부를 독점하다시피 하고 있다. 워낙 주문량이 많으니 그쪽에서 VVIP 대접을 하고 있다.

그런데 그것을 필요로 하는 다른 회사와 약간의 마찰이 생겼다. 그쪽에선 이실리프 상사 때문에 손해를 입었다면서 손해배상청구 소송을 걸어왔다.

원래는 그 회사에 납품될 물건을 이실리프 상사로 먼저 보내면서 발생된 일이다.

"그래서 변호사님 말대로라면 이대로 소송을 해도 우리에겐 책임이 없다는 겁니까?"

"물론이에요. 귀책사유가 없으니까요. 문제가 된다면 저쪽에 물건을 주기로 해놓고 우리에게 먼저 공급한 생산자에게 도덕적 책임이 있습니다."

이번에 문제가 된 건 로그마스타와 팀버킹이란 장비이다.

로그마스타는 벌목을 하면서 곧바로 원하는 사이즈로 재단해 주는 벌목 장비이다.

팀버킹은 원목을 목재로 가공해 주는 장비이다.

원래는 다른 업체에서 주문하여 제작했다. 그런데 이실리프 상사로부터 대량 주문이 들어갔다.

생산자 입장에서 한두 대 구입하고 말 거래처보다는 3,000대 이상을 주문하는 대량 거래처가 더 중요하다.

하여 이실리프 상사에서 독촉하자 먼저 주었는데 그걸 문제 삼고 나온 것이다.

법률적 검토에 대한 의견을 모두 주고받자 잠시 쌩한 분위기가 된다. 테리나의 시선이 현수에게 쏠리면서부터이다.

연희와 이리냐는 직감적으로 느껴지는 게 있는지 눈빛을 교환한다. 하지만 할 수 있는 것은 아무것도 없다.

이때 연희가 나섰다.

"아까 말이에요, 화장실에 있는데……."

잠시 연희의 말이 이어지자 모두의 시선이 쏠린다.

사람을 뽑을 때 최대한 주의를 기울였는데 스파이가 잠입했다고 하자 주영이 난처한 표정을 짓는다.

현수는 누가 누구를 심었는지, 그게 누구인지 파악하는 것이 먼저라고 하였다.

"사원증 아직 안 만들었지?"

"그래, 아직은. 그거까지 신경 쓸 겨를이 없었다."

"그래? 그럼 내가 양식을 만들어서 보내줄게. 그걸로 사원증 만들어서 배부해. 알았지?"

"네가? 안 바빠?"

"아무리 바빠도 그런 건 내가 직접 하고 싶다."

"그래? 그럼 나야 좋지."

주영이 흔쾌히 고개를 끄덕인다.

"나랑 볼일 다 본 거지? 나 가도 돼?"

"응? 그, 그래. 가도 된다, 오늘은."

주영이 고개를 끄덕이자 자리에서 일어섰다.

"좋아, 그럼 갈게."

이리냐가 따라 일어나려다가 엉거주춤하며 주저앉는다.

이제야 분위기를 파악한 것이다. 연희는 까차를 보고 있다. 예상대로 까차는 현수에게 시선을 주고 있다.

"연희 씨, 그리고 미스 체홉, 오늘 반가웠어요."

"아, 네. 반가웠어요."

"네, 저, 저도요."

"테리나, 나중에 또 봐."

"네? 아, 네. 그래요, 그럼."

말을 마친 현수가 걸어 나가는 동안 모두의 시선이 쏠리는 이상한 장면이 연출되었다.

"휴우~!"

전무이사실을 나선 현수는 가슴을 쓸어내렸다. 하나 금방 마음을 다잡았다. 그리고 아래층 인사부를 찾아갔다.

"어서 오십시오. 어떻게 오셨습니까?"

"인사부장님 좀 뵈려고 왔습니다."

"사전에 약속은 되어 있으신가요?"

비서인 듯한 여직원은 아주 상냥한 미소를 짓는다. 모처럼 훈남이 사무실을 찾아서 기분이 좋은 것이다.

"아뇨. 약속은 하지 못했지만 부장님을 꼭 좀 뵈었으면 합니다."

말을 하며 굳게 닫혀 있는 인사부장실을 힐끔 바라보았다.

"그런데 어쩌죠? 부장님하고 면담하시려면 조금 기다리셔야 해요. 지금 면접을 보는 중이거든요."

"아, 그래요? 그럼 기다리죠."

현수가 비서실 안쪽에 준비된 의자에 앉자 비서 아가씨가 서식과 볼펜을 내민다.

"소속과 직위, 그리고 성함과 면담 목적을 적어주세요."

"네?"

"부장님 만나셔야 한다면서요? 그럼 누가 어떤 목적으로 왔는지 정도는 아셔야 하지 않겠어요?"

여전히 상냥한 미소를 짓고 있다.

'에구, 회사엘 자주 나오든지 해야지.'

전에도 이실리프 빌딩에 왔을 때 잡상인 취급당해 경비원들에게 끌려 나갈 뻔했다. 주영이 제때에 내려오지 않았으면 고스란히 봉변당했을 것이다.

오늘은 어리바리한 신입사원쯤으로 착각하는 듯하다.

현재 비서 아가씨는 현수를 어디선가 보았다는 생각을 하는 중이다. 아주 익숙한 얼굴이다. 그런데 현수가 아주 유명한 인물이기는 하지만 자주 방송을 타는 건 아니다.

가끔 뉴스에 등장하기에 많은 사람이 알 뿐 모두가 확실히 인식하고 있지는 못하다.

하여 며칠 전에 갔던 클럽에서 같이 어울려 놀았던 사내인가 하는 생각에 고개를 갸웃거리고 있다.

그날 좀 취해서 기억이 확실치 않기 때문이다.

현수는 실소가 나왔지만 중요한 면접을 보고 있다기에 방해하지 않으려 참으며 양식의 빈칸을 채웠다.

"다 쓰셨어요?"

"네, 여기 있습니다."

종이를 아끼기 위함인지 양식은 A4 용지를 4등분한 쪽지 수준이다. 이를 접어서 건네자 환히 웃으며 펼친다.

"에구머니나!"

아니나 다를까, 화들짝 놀라며 고개를 치켜든다. 눈동자는 심하게 흔들리고 있고 흰자가 검은자보다 훨씬 많다.

"사, 사, 사장님! 죄, 죄, 죄송합니다. 자, 자, 잠깐만요. 부, 부장님께 바로 아, 알리겠습니다."

상당히 많이 놀랐는지 바들바들 떨며 인사부장실로 달려가려 한다.

아무리 중요한 면접일지라도 이실리프 상사의 실질적인 주인이자 총수인 현수를 만나는 것이 우선이라 여긴 것이다.

"아니에요. 그러지 마세요. 지금 중요한 면접이 있다면서요. 내가 조금 기다릴게요."

"네? 아, 네에. 그, 그럼……. 참, 차는 뭐로 드릴까요?"

비서 아가씨가 너무 심하게 놀라는 것 같아 미안한 마음이 든다. 일부러 그런 건 아니지만 결과적으론 본인 때문에 심장이 터질 것 같은 상황이 된 것이다.

"그냥 커피면 되요. 기왕이면 블랙으로 주세요."

"네? 아, 알겠습니다. 자, 잠깐만요."

비서 아가씨는 뛰듯이 탕비실로 들어가 버린다.

그리고 불과 몇 초 지나지 않았을 때 인사부장실 문이 열리고 사내 셋이 나온다. 그들 뒤로 50대 중반으로 여겨지는 풍채 좋은 사내가 따라 나온다.

"준비해 달라는 서류는 다 되는 대로 언제든 제출하게."

"네, 감사합니다, 부장님!"

"그래, 이제 우리 이실리프 상사의 사람이 되었으니 열심히들 일해 주시게."

"네, 알겠습니다. 그럼 이만 돌아가겠습니다."

사내 셋 모두가 정중히 고개를 숙이곤 밖으로 나간다.

자신의 방으로 돌아가려던 부장이 현수에게 시선을 준다.

"흐음! 자넨 누구신가? 내가 이 시간에 약속을 했나? 하여간 들어오시게."

인사부장은 자신의 기억이 잘못되었다 생각하는지 고개를 갸웃거리며 먼저 들어간다.

현수가 따라 들어가자 의자를 손짓으로 가리킨다.

"그쪽에 앉으시게. 한데 어느 부서를 지원하셨는가?"

벗었던 안경을 쓰며 서류를 뒤적이는데 이 시간에 약속한 사람의 인적사항을 찾는 모양이다.

"처음 뵙겠습니다. 이실리프 상사 인사부장님이시죠?"

"그러하네. 자네 이름은 뭔가? 허어, 이상하네. 이 시간에 약속했으면 서류가 있어야 하는데 왜 없지?"

"찾지 마세요. 서류가 없는 게 당연하니까요. 저는 부장님과 사전 약속을 한 적이 없습니다."

"아! 그런가? 좋아, 그건 그렇다 치고, 무슨 용무로 나를 찾아오셨는가?"

인사부장은 자신보다 훨씬 어려 보임에도 말을 놓지 않고 반쯤 높여주고 있다. 마음에 드는 태도이다.

하여 가볍게 고개를 끄덕이곤 말을 이었다.

"민주영 전무이사를 이실리프 상사 대표이사 사장으로 진급시키려고 왔습니다."

"뭐? 지금 나랑 장난… 헉! 사, 사장님!"

이제야 현수의 얼굴에 초점 잡힌 시선을 준 인사부장이 화들짝 놀라며 일어선다.

"에구! 앉으세요. 놀라게 하려 한 건 아니니 오해하지 마시구요."

"그, 그럼요! 한, 한데 사장님께서 어떻게 여길……."

"방금 말씀드렸잖아요. 민 전무를 대표이사 사장으로 승진시키고자 왔습니다. 인사부에서 발령을 내주십시오."

"그, 그럼 사장님은……?"

"나야 여기 잘 오지도 못하니 민 전무가 그 자리를 맡는 게 나을 겁니다. 앞으론 회사를 대표하는 자리에도 참석해야 하니까 말입니다. 아무튼 승진 공고를 내주십시오."

"알겠습니다."

인사부장이 이마에 솟은 진땀을 닦아낼 때 비서 아가씨가 들어와 커피를 내려놓고 공손히 허리 숙여 절하고 물러난다.

적어도 이실리프 상사에서 현수는 전설이다.

혼자 힘으로 어마어마한 크기의 농장을 개간하고 운영하는 게 어찌 쉽겠는가!

게다가 국내도 아닌 국외이며, 200년간 치외법권 지역으로 조차까지 받았다. 그곳에선 왕이나 마찬가지이다.

그렇기에 대하기 어려운지 시선조차 마주치지 못한다.

"참, 현재 재직 중인 임원들 명단을 보고 싶네요."

"네? 아, 잠시만요."

인사부장은 육중한 몸을 민첩하게 움직여 현수가 원하는

것을 꺼내놓는다.

이실리프 상사는 거의 매달 증자되고 있다. 그 돈은 100% 현수의 주머니에서 나온다.

주식회사로 되어 있지만 주주는 현수, 지현, 연희, 이리냐, 부모님, 주영뿐이다. 명단을 보니 지현, 연희, 이리냐는 이사로 등재되어 있다. 그 밖의 임원은 아직 없다.

"흐음! 인재가 계속해서 필요합니다. 학력에 구애받지 말고 인품 괜찮은 사람들로 뽑아주십시오."

"아, 알겠습니다."

"누군가 우리 회사를 염탐하고 있더군요. 은밀히 찾아내어 보고해 주시기 바랍니다."

"네? 그게 무슨……?"

연희로부터 들은 이야기를 전해주자 대경실색한다. 그리곤 사람 보는 안목이 없어 그렇다며 백배사죄한다.

"앞으로 주의해 주시면 됩니다."

"네, 주의하겠습니다."

인사부를 나선 현수는 주영에게 전화를 걸었다. 그리곤 인사부장을 이사로 승진토록 하였다.

*　　*　　*

현수가 이실리프 어패럴 사장실로 들어가자 박근홍 사장이 벌떡 일어나며 환히 웃는다.

"어서 오십시오, 회장님!"

"에구, 그러시지 말라니까요."

"무슨 말씀입니까. 명실상부한 회장님이십니다."

"끄응!"

현수는 나직한 침음을 토했다. 박근홍 사장이 건넨 명함 때문이다. 이실리프 그룹 로고 옆에 이렇게 쓰여 있다.

이실리프 어패럴 회장 김현수

아래엔 본사 전화번호와 주소, 그리고 팩시밀리 번호가 명기되어 있다.

"그나저나 항온 유지 장치는 언제쯤 공급됩니까? 지르코프 상사로 보낼 것들이 상당히 많습니다."

"그건 잠시 후에 당도할 겁니다."

"아, 그렇습니까?"

이곳에 오기 전 천지건설 자재 창고에 들렀다.

그리곤 PP박스들을 아공간에서 꺼내놓았다. 안에는 완성된 항온마법진을 축소 마법으로 줄인 것들이 들어 있다.

이것 1억 장의 무게는 2,370톤이나 된다. PP박스로 11만

8,500개 분량이다.

전화를 걸어 유민우 대리를 불렀다.

그리곤 서울시 전역의 용달차를 총집결시켜서라도 배달하라는 지시를 내리고 왔다.

하여 지금 그쪽은 온통 화물차로 가득 차 있다. 1톤 포터, 2.5톤 마이티, 5톤 메가트럭 등으로 붐빌 것이다.

화물트럭에 상차 작업을 할 지게차들도 총동원되어 분주히 작업하는 중이다.

"공급되는 수량은 어느 정도나 됩니까?"

"일단 1억 장입니다. 추가로 또 만들고 있으니 조만간 당도할 겁니다."

"아! 그 정도라면… 휴우! 다행입니다. 혹시라도 늦어질까 싶어 노심초사했습니다."

"미안합니다. 일찍 공급해 드렸어야 하는데."

"아이고, 아닙니다, 아닙니다."

박근홍 사장은 고개를 좌우로 흔든다.

"참! 두바이의 라일라 아지즈 양으로부터 추가 주문이 들어왔습니다."

"그래요? 이번엔 얼마죠?"

"1억 달러입니다."

"휘유~! 상당히 수량이 많겠군요."

"네, 전에 보낸 건 당도한 다음 날 모두 팔렸다고 합니다. 항온의류에 대한 소문이 중동 쪽에도 퍼지는 모양이에요."

"그렇겠지요. 알겠습니다. 그쪽에 공급할 것도 준비하죠. 디자인을 다양하게 하는 작업도 늦추지 마십시오."

"물론입니다. 그래서 디자이너 20명을 더 뽑아 디자인실을 확충했습니다."

"잘하셨습니다. 조만간 중동뿐만 아니라 브라질이나 멕시코, 필리핀, 말레이시아 등지에서도 연락이 올 겁니다. 그에 대비한 디자인을 준비해 주십시오."

"네, 그렇게 하도록 하겠습니다."

박근홍 사장은 요즘 밥을 먹지 않아도 배가 부르다. 내놓기만 하면 다 팔렸다며 추가 주문이 들어온다.

그리고 거의 매일 백화점과 대형마트 바이어들이 찾아와 애원하다 돌아간다. 대박 아이템임을 인정한 것이다.

처음엔 백화점 마진 35%를 이야기했다. 현재는 10% 수준으로 내려와 있다. 하지만 이실리프 어패럴은 그럴 의사가 없음을 분명히 했다. 그러면서 전국에 직영점 100곳을 낼 것임을 이야기했다. 그럼에도 불구하고 계속 찾아온다.

박근홍 사장은 예전에 당했던 수모를 잊지 못하였다. 하여 적당히 바이어들의 애를 태우는 중이다.

"침! 미군 선투복도 추가 주문이 들어와 있습니다. 이건 어떻게 할까요?"

"수량은 얼마나 되죠?"

"지난번에 주문한 여름용 20만 벌 이외에 추가로 80만 벌과 겨울용 100만 벌입니다."

"그래요?"

"네. 헬멧과 전투화 역시 같은 수량입니다."

미군에겐 한 벌당 300달러를 받고 있다. 헬멧과 전투화는 임가공 비용만 150달러이다.

전투복 200만 벌의 가격은 6억 달러이다. 헬멧 200만 개와 전투화 200만 켤레의 임가공 가격 역시 6억 달러이다.

총액 12억 달러짜리 주문이 들어왔다는 소리이다.

한화로 환전하면 1조 4,400억 원 정도 된다.

"흐음! 주문 물량이 상당히 많네요. 뜯어보고도 몰라서 주문한 거겠죠?"

현수의 입가엔 웃음이 배어 있다. 어떤 일이 벌어졌는지 충분히 짐작되기 때문이다.

예상대로 미군은 납품 받은 전투복, 헬멧, 전투화를 샅샅이 분해했다. 그 결과 자그마한 금속 조각이 그런 효과를 낸다는 것까지는 알아냈다.

현미경으로 관찰했지만 표면엔 아무런 무늬도 없다.

그런데 그 금속이 무엇인지는 규명하지 못했다. 성분은 분명 스테인리스 스틸이다. 그런데 질량이 많이 다르다.

기존의 스테인리스 스틸보다 훨씬 무겁다.

그리고 지금껏 알려진 어떤 금속과도 일치하지 않는다. 하여 대한민국 곳곳을 쑤시고 다니며 찾고 있다.

미국의 내로라하는 연구소마다 항온마법진이 그려진 작은 철판이 공급되었고, 그에 대한 분석 작업이 동시다발적으로 진행되었다. 하지만 미국이 얻은 결과는 아무것도 없다.

어쨌거나 기 납품된 항온전투복에 대한 미군 병사들의 반응은 거의 폭발적이다.

아무리 추운 날이라 하더라도 그거 하나만 걸치고 있으면 추위를 느낄 수 없다. 발이 시럽지도 않다. 즉시 병사들 사이에 소문이 돌았다. 그 결과가 대량 추가 주문이다.

"아마도 그럴 겁니다. 하하! 하하하하!"

"특허를 내라고 하지 않던가요?"

"그랬지요. 추가 주문을 하면서 로버트 켈리 중령이 그러더군요. 왜 특허를 내지 않느냐고요."

"그래서 뭐라 하셨습니까?"

"개발자가 원하지 않는다고 했습니다. 그러니 복제할 수 있으면 얼마든지 하라고 했지요."

"후후, 아마 복제 못할 겁니다."

"아무래도 그렇겠죠? 하하! 하하하!"

생각만으로도 통쾌하다는 듯 너털웃음을 터뜨린다. 그러다 문득 생각났다는 듯 입을 연다.

"참, 러시아 국방부에서도 주문 의뢰가 들어왔습니다."

러시아는 현역 120만 명, 예비군 75만 명 정도 된다.

지독하리만치 추운 겨울을 겪어야 하기에 누구보다도 항온전투복이 필요할 것이다. 그리고 그 수량은 상당히 많을 것이다. 달랑 한 벌만 지급할 수는 없기 때문이다.

1인당 두 벌을 지급한다면 약 400만 벌이 필요하다.

지르코프 상사를 통해 기 수출된 항온의류를 누군가 경험했다면 연락 오는 건 당연한 결과이다.

"러시아는 방위사업청과 협의해야 되는 상황인 거죠?"

"네. 전략물자관리원 KOSTI에서 이미 전략물자에 해당된다고 판정한 바 있습니다."

"항온전투복이 전략물자로 판정되었다구요?"

"네. 미군에 납품한 뒤 그런 판정을 받았습니다. 이후 전략물자 수출 통제를 받는 중입니다."

전략물자란 대량 파괴 무기, 또는 재래식 무기 및 그 운반수단과 이의 제조, 개발에 이용 가능한 물품을 뜻한다.

소프트웨어 및 기술도 해당되고, 이러한 것들이 위험한 국가, 또는 단체에게 이전될 경우 국제 평화와 안전에 위해를 가할 수 있다고 판단하고 있다.

하여 민간의 자유로운 무역 거래가 제한되고 있다.

현재 전략물자는 대외무역법에 따라 지식경제부 장관이 지정 고시한 '전략물자 · 기술 수출입 통합고시 수출통제 품목' 에 규정된 물품과 소프트웨어 및 기술이다.

이 목록에 물품으로서 항온전투복이 추가된 것이다. 항온의류 제조기술을 외국에 전수하는 것은 아니니기 때문이다.

미군에 납품 후 정부로부터 연락을 받았을 때 박근홍 사장은 황당함을 금치 못했다.

항온의류 제조기술을 소상히 기록하여 제출하라는 요구를 받은 것이다. 이는 즉각 거절되었다.

그리곤 곧바로 국방장관에게 연락을 취했다.

군수사령부의 최세창과 기무사의 선진식, 그리고 강철환과 같은 인물들이 개입되어 있을지도 모르기 때문이다.

참고로 최세창 대령과 선진식 소령은 군사재판 후 이등병으로 강등된 후 불명예 제대하였다. 그리고 강철환 등과 함께 교도소에 수감되어 있다.

신고를 받은 국방장관은 곧바로 수사를 지시했다. 이후 기술 공개에 관한 이야기는 없다.

다만 전략물자로 지정되었다는 통보만 받았을 뿐이다.

"러시아와의 관계가 예전과 다르니 처리되겠지요?"

"일단 수출 신청서류는 접수시켰습니다."

"그래요? 이번에 들어온 주문량은 얼마나 되죠?"

"일단은 겨울용 10만 벌입니다. 전투화와 헬멧도 같은 수량으로 주문의뢰가 들어와 있습니다."

"흐음, 아직은 확신이 안 드나보네요."

보아하니 아직 푸틴이나 메드베데프까지 보고되진 않은 듯하다. 만일 그랬다면 10만 벌이 아니라 400만 벌 전부를 주문했을 것이다.

필요한 자금은 현수로부터 받은 금괴로도 충분하다.

푸틴이 알았다면 군부를 더욱 확실히 장악하는 개념에서라도 실시했을 일이다.

"그나마 다행입니다. 지르코프 상사처럼 무지막지하게 주문했다면 힘들었을 겁니다."

"참, 지난 설에 직원들 보너스는 얼마나 지급하셨습니까?"

"급여의 100%를 지급했습니다."

"회사는 잘 돌아가는데 조금 적었네요."

"아, 네에. 그때는……."

잠시 박 사장의 설명이 이어졌다.

지르코프 상사로부터 막대한 자금이 유입되기는 했다.

그 돈은 하청공장 확장사업과 원자재 매입, 그리고 전국 각지의 빌딩을 매입하는 데 사용되었다.

그러고 나니 남는 돈이 적어 그것밖에 지급할 수 없었다.

궁여지책으로 은행에서 융자를 받고자 했으나 이실리프 어패럴의 전신인 (주)까사의 신용도가 낮아 불가능했다.

“현재 직원 수가 얼마나 되죠?”

“현재는 본사 근무 49명뿐이지만 매장에 파견될 직원까지 합치면 1,649명입니다.”

“매장 직원들은 아직 출근하지 않나요?”

“며칠 전까지 신입사원 교육을 했습니다. 2월 9일에 시작하여 18일에 끝냈지요.”

“그럼 지금은 매장에 배치되었나요?”

“아뇨. 휴가 중입니다. 24일부터 출근 예정입니다.”

“아, 그래요? 흐으음!”

현수는 잠시 생각을 정리했다. 그리곤 박 사장에게 시선을 주며 입을 열었다.

“기존 직원들에겐 설에 미지급된 보너스로 2,000만 원씩 추가로 지급하세요. 새로 뽑은 디자이너들에겐 1,000만 원씩 주구요. 직영 판매점 사원들에겐 입사 축하금 명목으로 일인당 300만 원씩 지급하세요.”

“네?”

“돈이 필요하면 언제든 연락하세요. 언제든 곧바로 송금해 드릴 테니.”

“돈은 있지만 정말 그래도 되겠습니까?”

CHAPTER 04
연구원 구합니다

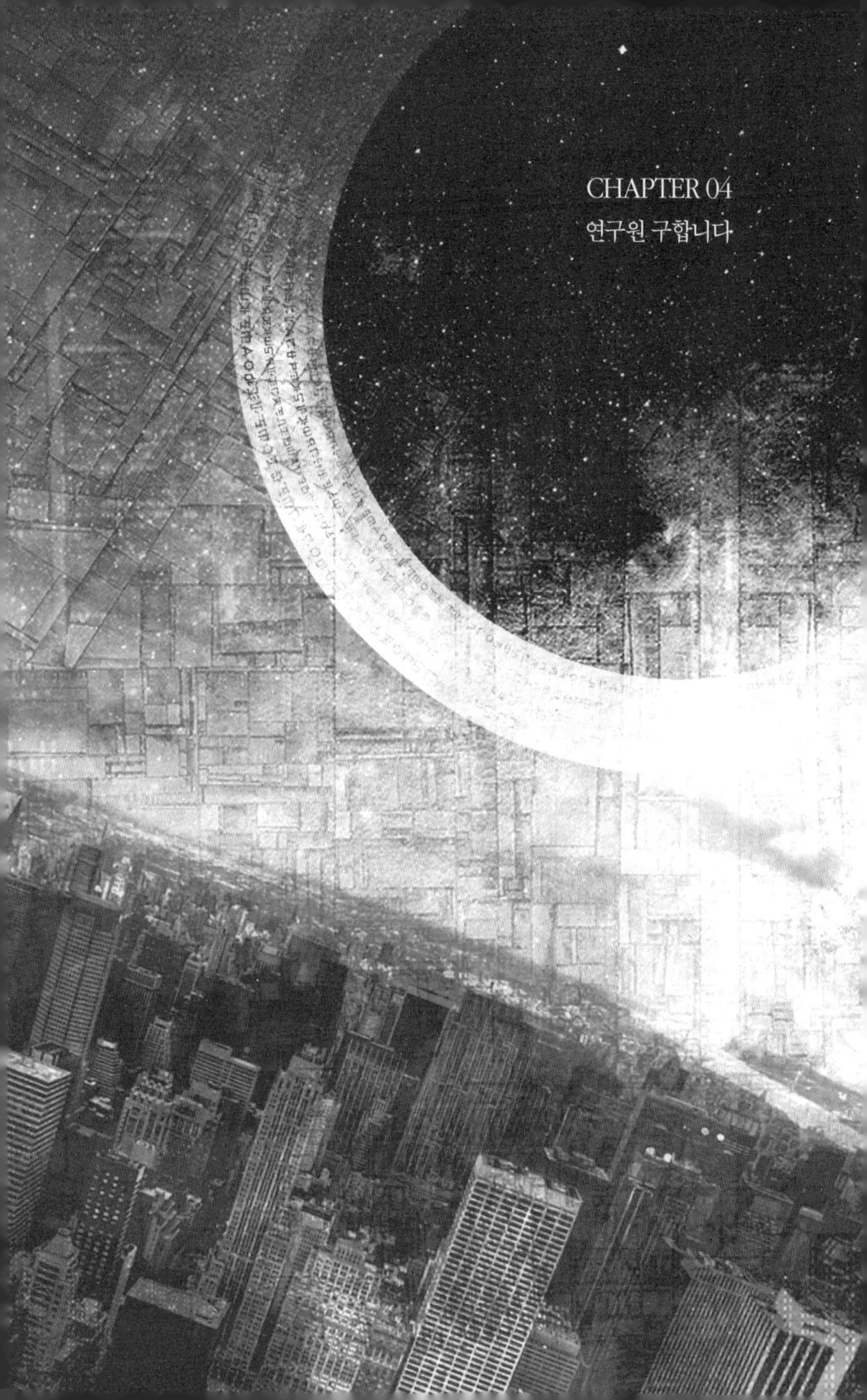

현 직원 중 29명은 (주)까사 시절부터 근무하던 직원들이다. 박근홍 사장에게 최후까지 의리를 지켜준 존재들이다.

그렇기에 하나라도 더 주고 싶은 마음이었지만 이실리프 어패럴은 이제 박 사장의 것이 아니다.

본인 역시 월급쟁이 사장일 뿐이라 여기고 있다. 그렇기에 설 보너스를 지급할 때 본인은 한 푼도 가져가지 않았다. 조금이라도 더 직원들에게 돌아갔으면 하는 마음 때문이다.

"박 사장님은 설 때 보너스를 얼마나 가져가셨습니까?"

"네? 저, 저는……."

당황한 듯 말을 더듬는 걸 보니 짐작이 간다.

"하나도 안 가져가셨지요?"

"……!"

"박 사장님에겐 현재 사시는 아파트를 보너스로 드리겠습니다. 집주인과 상의하여 그 집을 매입하도록 하세요."

"네? 저, 저는……."

한때 완전한 나락을 경험한 바 있다. 스스로 목숨을 끊는 것까지도 생각했다. 그러다 현수를 만나 기사회생했다.

회사는 잃었지만 직장을 얻었고, 옛 부하들의 밀린 월급과 하청공장에 미지급되었던 돈도 모두 지불했다.

거처도 없었으나 이실리프 빌딩에서 살다가 현재는 회사에서 멀지 않은 32평짜리 아파트에서 거주하는 중이다.

그걸 보너스로 준다니 갑자기 울컥하는지 눈덩이가 붉게 변한다. 하지만 사내가 어찌 눈물을 보이겠는가!

"자, 잠깐만요. 화장실 좀 다녀오겠습니다."

박 사장은 현수의 대꾸도 기다리지 않고 자리를 떴다. 그리곤 화장실에 가서 흘러내린 눈물을 수습했다.

크리스마스도 지났건만 아주 너그러운 산타클로스를 만난 기분이 든 것이다.

"잘하자. 앞으로 더 잘해서 이 회사를 키우자. 그게 보답하는 길이야. 박근홍! 어떤 유혹에도 흔들리지 말고 충성하자.

김현수 회장님은 내 평생의 은인이시다."

스스로 마음을 추스르며 중얼거린 말이다.

자발적 충성의 시작이다.

*　　*　　*

"아이고, 이게 누구십니까? 어서 어십시오."

비서에게 보고 받고 있던 민윤서 사장이 환한 웃음을 지으며 자리에서 일어선다.

"여전히 바쁘시네요."

"그럼요. 바빠야지요. 이게 다 회장님 덕분입니다."

"회장님이요?"

"네, 그렇게 부르기로 합의를 봤습니다."

"합의를 봐요? 누구랑요?"

현수가 의아하다는 표정을 짓자 민 사장이 피식 웃는다.

"이실리프 어패럴의 박근홍 사장님, 이실리프 모터스의 박동현 대표님, 그리고 이실리프 상사의 민주영 전무님, 이실리프 엔터테인먼트의 조연 대표님 등과 만나서 합의했죠."

"네? 어떻게 서로… 알지도 못하잖아요?"

방금 언급된 인물들은 상호 면식이 없다.

현수의 결혼식에 참석했고, 이실리프라는 상호를 쓰는 것이외엔 접점이 없는 사람들이다.

그런데 회동하여 대화를 나눈 듯 이야기하니 의아한 것이다. 아직은 업무상 협조할 일도 없기 때문이다.

"네, 결혼식 때 얼굴만 보았을 뿐 대화는 이번에 처음 해봤습니다. 모두들 좋은 분들이더군요. 그래서 반성했습니다. 하하! 하하하!"

민 사장이 사람 좋아 보이는 너털웃음을 터뜨린다.

이실리프 그룹사 사장단 회동은 민주영이 제안한 결과이다. 모두가 현수와 인연을 맺고 있으니 알고나 지내자는 의도였다. 물론 서로 협조할 일이 있으며 그러자는 뜻도 담겨 있다.

회동은 1박 2일간 지속되었다. 같이 식사도 하고 사우나도 함께했다. 당연히 많은 대화가 오갔다.

그 과정에서 민윤서 사장은 많은 것을 깨달았다.

종씨인 민주영 이실리프 상사 전무이사는 회사 일을 자신의 일인 양 최선을 다하고 있었다.

본인의 결혼식이 얼마 남지 않았음에도 거의 매일 야근을 했고, 수시로 철야 근무까지 했다. 직원을 뽑을 땐 아무리 바빠도 반드시 참석하여 인성을 살폈다.

어패럴의 박근홍 사장도 마찬가지이다.

가만히 앉아만 있어도 고객들의 문의가 빗발치는 상황임에도 더 많이 판매하기 위해 수시로 출국했다.

새로운 거래처를 뚫기 위한 노력이 한창이었던 것이다.

엔터테인먼트 조연 대표는 이실리프라는 이름에 누가 되지 않도록 멤버들에 대한 교육을 철저히 하고 있었다.

수입에 큰 도움이 되는 행사도 가려가면서 뛰었다. 돈만 준다고 해서 무조건 공연을 하는 게 아니었다.

나중에라도 문제가 될 소지가 있다 싶으면 아무리 많은 돈을 준다고 해도 정중히 거절하고 있었다.

남는 시간엔 멤버들의 교양과 학습을 위해 많은 시간과 돈을 투자한다고 해서 달리 보였다.

최근 모 엔터테인먼트 사에서 소속 연예인들로 하여금 성상납을 하도록 강요하고 있다는 언론 보도가 있었다.

검찰의 수사가 진행 중이고 많은 보도가 이어지는 상황이기에 이실리프 엔터테인먼트가 더욱 부각되어 보였다.

참고로 이전의 명칭인 케이원 엔터테인먼트가 극심한 난항을 겪도록 부당한 압력을 조성했던 KS엔터테인먼트가 이번 사건의 장본인이었다.

신인 연기자 두 명으로 하여금 방송국 고위직과 동침하게 한 후 드라마의 주, 조연을 따낸 사건이다.

당연히 비난이 빗발쳤다.

그 결과 1,358억 원이나 하던 주가총액이 300억 원대로 급락했고, 오늘도 하한가 행진을 지속하고 있다.

더 떨어질 것이라 판단하고 있기에 매도자는 넘치지만 매수자가 없어 거래는 이루어지지 않고 있었다.

시장에서의 전망은 10억대 이하 내지는 휴지이다.

그래서 민윤서 사장은 이실리프 사장단 회동 이후 더욱 열정적으로 일하는 중이다. 일찍 출근하고 늦게 퇴근하고 있으며, 전에는 대충 흘렸을 일도 관심을 갖고 바라본다.

"아! 그랬군요."

모든 이야기를 들은 현수는 계면쩍은 표정을 지었다. 공식적으로 회장님 소리를 듣게 생긴 때문이다.

"그나저나 바쁘신 분이 웬일이십니까?"

"아참, 천지약품 공동대표로서 주문하려 합니다."

"아이고, 은근히 겁나는데요?"

말은 이렇게 하지만 기대하는 표정이다. 현수가 이런 말을 했을 땐 결코 평범하지 않을 것이기 때문이다.

"그렇게 겁낼 필요까지는 없습니다. 열심히 준비해 주시면 될 일이니까요."

"그래도요. 아무튼 얼른 말씀하시죠. 매도 먼저 맞는 게 낫다니 빨리 충격 받고 싶습니다."

말은 이렇게 하지만 몹시 기대된다는 표정이다.

"에티오피아 의무부로부터 백신 주문을 받았습니다."

꿀꺽—!

민윤서 사장은 대체 어떤 소리가 나오는지 두고 보자는 듯 대꾸 대신 마른침을 삼킨다.

"홍역과 말라리아, 그리고 콜레라 백신이 각각 3,000만 명분이 필요하답니다."

"헐!"

말이 쉬워 3,000만 명이다. 세 가지 백신을 그만큼 준비하려면 대한의약품을 풀가동시켜야 한다.

그런데 현재는 천지약품에서 의뢰한 각종 의약품 제조에도 밤샘 작업 중이다. 이는 쉐리엔 때문이기도 하다.

국내에서 판매되는 쉐리엔은 한 달 치 가격이 8만 원이다.

그리고 이실리프 무역상사가 드모비치 상사에게 수출하는 가격은 5만 원이다.

아무튼 대한민국에선 8만 원에 팔리는 쉐리엔이 유럽과 러시아에선 40만 원에 팔리고 있다. 매우 비싸지만 효과가 뚜렷하기에 없어서 못 파는 물건이다.

하여 국내외 가격차를 인지한 관광객이 많이 들어오고 있다. 하지만 쉽게 구매하진 못한다.

내수용도 달리는 상황이기 때문이다.

며칠 전 이실리프 무역상사로부터 드모비치 상사에서 10억 상자 주문을 받았다는 전갈이 있었다.

수출가 5만 원짜리 쉐리엔 10억 상자를 보내라는 것이다.

쉐리엔의 유통기간은 1년이다. 완전한 진공포장 제품이기 때문이다. 그래도 양이 엄청나게 많다. 하지만 이것을 1년 안에 모두 팔아치울 수 있기에 주문한 것이다.

아무튼 5만 원짜리 10억 상자의 가격은 50조 원이다.

드모비치 상사는 주문의 신뢰를 증명하라면 5조 원이라도 선납하겠다는 뜻을 밝혔다. 있는 대로 다 팔라는 뜻이다.

하여 대한의약품은 쉐리엔 제조에 총력을 기울이고 있다.

모든 장비는 이미 24시간 풀가동되고 있다.

혹시라도 마모 등으로 품질 저하 우려가 있을까 싶어 추가로 생산라인 3set를 주문해 두었다. 언제든 즉각 교체가 가능하도록 기술진이 대기하는 중이다.

뿐만 아니라 인근에 나온 모든 매물을 사들이는 중이다.

낡은 건물은 철거되었고, 그 자리에 대한의약품 제4공장부터 15공장까지 짓고 있는 중이다.

참고로 3공장까지는 이미 완공되어 입주하여 있다.

민 사장은 추가로 짓고 있는 공장들이 완공되어 풀가동되어도 물량 부족을 감당할 수 없다 판단했다.

하여 경기도 화성시 향남면 상신리 향남제약 산업단지 전체를 사들이고 있다. 총 39개 업체가 입주해 있는 이곳의 총 면적은 64만 9,953㎡이다. 약 20만 평이다.

이걸 다 사들이고 있는 중이다.

러시아와 콩고민주공화국 등으로부터 쏟아져 들어오는 무지막지하다 해도 과언이 아닐 주문 물량을 소화해 내려면 이수밖에 없기 때문이다.

뿐만 아니라 인근 토지까지 매입하고 있다. 직원들 복지를 위한 땅이 필요한 것이다.

아무튼 말라리아, 콜레라, 홍역 백신 3,000만 명분이 주문되었다. 그런데 현재로선 도저히 감당할 수 없다.

그렇기에 난처하다는 표정을 짓는다.

"죄송합니다. 그 물량은 도저히 감당할 여력이 없습니다. 혹시 다른 회사에 위탁 생산을 해도 되겠는지요?"

다른 제약사들도 믿지만 직접 생산하는 것보다는 안정성이 떨어질 확률이 높다. 최대한의 이득을 취하려 할 것이기 때문이다.

그럼에도 직접 생산해 낼 방법이 없기에 한 말이다.

"아닙니다. 바쁘신데 그것까지 맡길 순 없지요. 이실리프 무역상사와 거래하는 제약사들이 많습니다. 이번 건은 그들에게 나눠서 주문하겠습니다."

"정말 그래도 되겠습니까?"

민 사장은 면목이 없다는 표정이다. 백신 전문 회사인데 그만한 능력을 보여주지 못해서이다.

"대신 괜찮은 제약사들을 추천해 주십시오."

"우선은 태을제약을 추천합니다. 철저한 품질 관리로 유명합니다. 다음은 인화약품입니다. 이 회사는……."

잠시 민 시장의 말이 계속되었다.

태을제약은 태(太) 씨 성을 가진 사장과 을(乙) 씨 성을 가진 부인이 가문의 재산을 합해 설립한 토종 제약사이다.

태 씨나 을 씨 모두 한반도 고유 성씨이다.

태 씨는 발해 황실 계승을 표방하는 성씨이고, 을 씨는 고구려의 재상 을파소의 후계이다.

태을제약의 현임 사장은 듀 닥터가 성공하자 공장을 증설했다. 이실리프 무역상사로부터의 쏟아져 들어오는 주문을 감당할 수 없었기 때문이다.

새로 공장을 짓는 동안 건설업에 눈을 뜬다. 하여 주식을 담보로 돈을 빌려 건설사를 인수했다.

그리고 첫 번째 도전한 시공에서 사고가 발생되었다. 화재로 인한 철골 붕괴사건이 벌어진 것이다.

공사 초기였다면 피해가 적었을 것이다.

그런데 불행히도 골조공사가 거의 끝나가는 시점이었다. 게다가 인명 피해도 있었다. 현장에서 일하던 인부 셋이 목숨을 잃었고 여섯이 중상을 입었다.

담보를 맡았던 사채업자는 사고가 보도되자 즉시 주식을 내다 팔았다. 가치 하락이 뻔했던 것이다.

이것의 대부분을 외국인이 매입했다. 그 외국인은 러시아 사람으로 이리냐 파블로비치 체홉이다.

어쨌든 태 사장은 듀 닥터로 벌어들이는 돈으로 아직도 남은 빚을 청산하는 중이다.

그럼에도 이 회사를 추천한 이유는 품질 관리에 만전을 기한다는 것을 알고 있기 때문이다.

태을제약은 불량률 0에 도전하는 제약사로 유명했다.

아무튼 이리냐의 태을제약 지분은 무려 37%이다. 30%는 이실리프 무역상사가 가지고 있다. 그전부터 사 모은 것이다.

나머지 23%는 사장과 부인 소유이고, 10%는 개미 투자자와 외국인 소유이다. 현재의 사장은 예전의 지분율을 되찾기 위해 동분서주하는 중이다.

민 사장은 인화약품 이외에도 다른 한 곳을 더 추천했다.

"상황이 이러하니 할 수 없이 다른 곳에 주문을 합니다. 앞으로는 어떤 주문이라도 소화할 능력을 갖춰주십시오."

"죄송합니다. 명심하겠습니다."

민 사장은 깊숙이 허리를 숙였다. 먹으라고 주는 떡도 받아먹지 못하게 되어 왠지 미안한 기분이 든 것이다.

이때 현수의 말이 이어진다.

"조만간 인구 3,500만인 우간다와 4,400만인 케냐에도 천지약품이 진출하게 될 것입니다."

"네?"

대한의약품은 다국적 제약사들이 거래를 끊은 이후 빈자리 대부분을 채웠다. 특허 약품이 아니라 일반의약품인지라 법률적인 문제는 없었지만 생산라인이 문제였다.

하여 제약단지 전체를 사들이고 있음에도 허덕이고 있는 것이다. 그런데 여기에 또 엄청난 거래가 시작될 것이라는 협박을 받았다.

알아서 준비하라는 말은 일 년 내내 날밤을 새우라는 뜻이다. 그렇기에 말을 잇지 못하고 있다.

이때 민 사장의 휴대폰이 부르르 떤다.

시선을 주니 '왕비마마'라는 닉네임이 떠 있다. 왕년의 탤런트 윤영지일 것이다.

"왕비? 이 시간에 웬일이야? 나 좀 바쁜데."

역시나 윤영지가 맞는 듯 아주 다정스럽다.

"여보! 여보……!"

"왜? 무슨 일 있어?"

아내의 음성에서 심상치 않음을 느낀 민윤서의 표정이 단번에 바뀐다. 몹시 긴장한 표정이다.

"흐윽! 여보, 아기가… 아기가 나오려나 봐요."

"뭐어? 자, 잠깐만. 119 불렀어? 아직 예정일이 일주일이나 남았잖아. 괘, 괜찮아? 여보! 괜찮냐구!"

"흐윽! 아, 아직은……. 여보, 빨리요. 아아악!"

"아, 알았어. 집에서 꼼짝 말고 기다려."

"아악! 어, 어서 와요! 아아악! 여보! 여보……!"

"알았어! 그, 금방 갈게."

민 사장은 서둘러 119에 전화를 걸었다. 하지만 당황해 1을 세 번이나 누른다.

현수는 당황한 민 사장을 대신하여 전화를 걸어주었다. 집 주소를 불러주고 출산이 임박했음을 알렸다.

소방서에선 이런 일에 익숙한 듯하다.

일련의 상황이 마쳤을 땐 민 사장은 보이지 않았다. 통화하는 사이 튀어나간 것이다.

"하긴……! 이건 남의 일이 아닐 수도 있어."

현수는 아내들이 출산할 때 손쉽게 의료혜택을 받을 수 있도록 마땅한 곳을 수배해둬야겠다고 생각했다.

그러다 문득 킨샤사에 있을 연희와 이리냐를 떠올렸다. 그곳은 한국보다 분명히 의료 여건이 열악하다.

"흐음, 의료원도 필요하겠군."

현수의 이런 생각 덕분에 킨샤사 저택에서 그리 멀지 않은 곳에 대형 종합병원이 만들어진다.

대한민국 최대 규모인 서울아산병원보다도 규모가 크다.

풍납동에 있는 서울아산병원은 대지 면적 15만 2,052㎡(약

4만 6,000평)이며, 병상 수는 2,708개이다.

2위는 신촌 세브란스병원으로 2,062 병상이다.

3위는 서울 삼성병원 1,951 병상, 4위는 서울대병원 1,691 병상이다.

킨샤사에 지어지게 되는 '이실리프 의료원'은 총 대지 면적 100만㎡(약 30만 평)이며 10,000병상이 갖춰진다.

서울아산병원+신촌 세브란스병원+서울 삼성병원+서울대병원보다도 훨씬 크다.

2013년에 취합된 자료에 의하면 콩고민주공화국의 1인당 국민소득은 237달러이다.

참고로 대한민국은 25,167달러이다.

콩고민주공화국은 분명히 가난한 후진국이다.

하지만 킨샤사에 위치하게 될 이실리프 의료원은 결코 그저 그런 실력을 지닌 의사와 간호사들로 구성되지 않는다.

장비 또한 열악하거나 낙후된 것이 아니다.

미국, 영국, 독일, 프랑스, 한국 등 의료 선진국 의사 가운데에서도 실력을 인정받은 의료진들로 망라된다.

또한 최첨단 의료장비로 중무장한다.

하여 아프리카 전역의 VIP는 물론이고 전 세계의 중증환자들이 몰려드는 명문 병원이 된다.

하여 10,000개나 되는 병상이 늘 가득 찬다.

세상은 넓고 환자는 널린 때문이다. 이러한 명성은 미라힐Ⅰ과 미라힐Ⅱ의 도움이 결정적이다.

절개를 해도 수술 자국조차 남지 않는데다 기적의 치료제라는 명성답게 아주 빠른 회복효과를 보이기 때문이다.

콩고민주공화국 의료당국으로부터 신약 인정을 받게 되는 이것은 오로지 이실리프 의료원에서만 쓰인다.

효능이 소문나자 세상의 모든 병원으로부터 미라힐Ⅰ과 미라힐Ⅱ를 공급해 달라는 요청을 받게 된다.

하지만 외부에 판매되지 않는다.

외국에 팔 것이 아니니 미국 FDA 같은 곳에 신약 승인 신청을 하지 않는다. 이건 한국도 마찬가지이다.

식약청에 신약신청을 했을 때 의약관계자들의 반대에 부딪쳐 등록을 거절당한 바 있다. 그렇기에 국내에서 사용할 수 있도록 해달라는 요청을 일언지하에 거절한다.

미라힐Ⅰ과 미라힐Ⅱ은 제법특허나 물질특허도 신청하지 않는다. 복제해서 쓸 수 있으면 그러라는 뜻이지만 세상에 없는 물질을 어찌 복제할 수 있겠는가!

결국 이실리프 의료원에서만 쓰이는 의약품이 된다.

어쨌거나 이실리프 의료원은 명실상부한 세계 제1의 의료원으로 인정받게 된다. 의대 졸업생들이 가장 가고 싶어 하는 병원이 되는 것이다.

하여 하버드 의대, 스탠포드 의대, 존스 홉킨스 의대 등을 졸업한 레지던트들이 널리고 널린 곳이 된다.

나중의 일이지만 한국엔 이실리프 의료원 부설 의과대학이 설립된다. 그렇기에 이실리프 의대 출신 레지던트들이 득실대기도 한다.

현수는 대한의약품 민윤서의 아내 윤영지과 국방과학연구소 최희문 팀장의 아들 최윤준을 치료해 낸 바 있다.

이들의 공통점은 중증근무력증 환자였다.

대구 동부경찰서 형사과 최장혁 경사는 외상뿐만 아니라 고질이었던 당뇨병까지 완치되었다.

치료를 포기했던 민주영의 마비된 왼팔도 고쳐줬다.

뿐만이 아니다. 이실리프 빌딩 경비팀장을 맡고 있는 곽인겸은 하반신 마비로 병석에 있었지만 일어나서 활동 중이다.

대구 역전회 회주였던 오광섭의 부친 오대준은 뇌사상태에 있었지만 기적적인 생환을 한 바 있다.

또한 엘리자베스 아폰테와 우미내 마을 집주인의 부인이 앓고 있던 말기 폐암도 치료해 냈다.

크론식당 강동호의 아내가 앓고 있던 크론병 또한 말끔하게 고쳐줬다. 권지현의 모친인 안숙희 여사와 외조부인 안준환 옹도 현수의 덕을 보았다.

말기 폐암은 세계 초일류 병원으로 일컬어지는 뉴욕 '메모

리얼 슬로인 캐더링 암센터' 에서도 손대지 못한다.

중증근무력증과 크론병, 뇌사상태 또한 그러하다.

하지만 이실리프 의료원은 다르다.

폐암과 중증근무력증, 크론병은 100% 완치시킨다. 회복 포션과 리커버리 마법이 완벽한 조화를 이루기 때문이다.

나중의 일이지만 현수의 아내들은 모두 이곳에서 출산하게 된다.

극성스런 언론도 피하고 세계 최고인 첨단 의료혜택을 받을 수 있기에 일석이조이다.

이 병원의 특징은 의료비가 저렴하다는 것이다. 환자를 치료하면서 받는 진료비는 전액 의료진의 급여로 지급된다.

다시 말해 병원을 운영하여 벌어들이는 돈이 없다. 사회봉사 차원에서 조성된 곳이기 때문이다.

"헐! 정작 천연 비아그라 바이롯에 관한 이야기는 꺼내보지도 못했네. 쩝! 할 수 없지. 엄청 바쁜데 그거까지 상용화하자고 했다간 큰일 나겠어."

자리에서 일어난 현수는 킨샤사나 아디스아바바에 이실리프 제약을 만들 생각을 해보았다.

"일단 바이롯을 얼마나 구할 수 있는지부터 확인하는 것이 급선무겠어."

나직이 중얼거리자 기다렸다는 듯 아리아니가 대꾸한다.

"바이롯? 보라색 홍당무 말하는 거죠? 그건 거기밖에 없는 거예요. 그게 얼마나 귀한 건데요."

"…그걸 어떻게 알아?"

"당연히 알죠. 그게 있는 곳은 토질이 아주 특이한데, 그런 곳은 매우 드물거든요."

"특이한 토질이라고?"

"네. 흙은 흙인데 하얀색이에요. 혹시 알아요?"

"하얀 흙이라면 혹시 전단토(田丹土)를 말하는 거야?"

"저야 이름은 잘 모르죠. 아무튼 하얀색 흙이에요. 사람이 먹을 수도 있어요. 그런 흙에서만 자라요, 바이롯은."

전단토에 관한 것은 어떤 문서를 읽다가 우연히 보게 되었다. 충청도 지방에서 춘궁기에 이것으로 떡이나 죽에 새알심처럼 만들어 먹기도 했다는 내용이다.

"그게 그렇게 드물어?"

"네, 거의 없어요. 하지만 호숫가 뒤쪽엔 많아요."

"호숫가 뒤쪽이라면 어디를 말하는 거야?"

"여기보다 훨씬 더운 데요. 바이롯을 캤던 곳 말이에요."

듣던 중 반가운 소리이다. 하여 되물었다.

"근데 거긴 그게 많아?"

"네, 꽤 넓은 지역에 고루 분포되어 있었어요. 여기저기 띄엄띄엄 흩어져 있지만 주인님이 해달라고 하면 한곳으로 모아드릴 수는 있어요."

"정말? 거기 가면 그래 줄래?"

"뭐 별로 어려운 일도 아닌걸요."

현수는 전단토를 이용한 바이롯 농장을 구상했다. 저택 뒤쪽이라면 외인의 출입이 금지된 곳이다.

개인 소유의 땅이며, 콩고민주공화국이 현수 일가를 보호하기 위해 외곽에 경비병들을 세워두었기 때문이다.

그곳에서 바이롯을 생산하여 깨끗하게 세척하고 갈아서 텔레포트 마법으로 이동시키면 괜찮을 듯싶다.

공장의 위치는 아디스아바바 코리안 빌리지 인근이 좋을 듯싶다. 한국전 참전용사의 후예를 돕는 일도 되기 때문이다.

"말 안 하길 잘했네. 그나저나 제약 관련 연구원을 뽑아야겠군. 근데 어디서 뽑지? 쩝! 또 주영이 녀석에게 손을 벌여야 하나? 곧 결혼하는데 말하면 난리치겠지?"

연구원을 구해달라고 하면 열 일 제쳐놓고 그것부터 해줄 것이다. 심복 아닌 심복이 되어버린 때문이다.

그러면 결혼준비에 차질을 빚게 될 것이다.

따라서 이번 일은 독자적으로 추진해야 할 듯싶다. 하여 방법을 모색하던 중 떠오르는 사람이 있다.

듀 닥터 판촉실장 이예원이다. 백신 때문에라도 연락을 해야 했기에 생각난 김에 전화를 걸었다.

띠리리~! 띠리리링~!

감미로운 발라드를 잠시 감상했다.

"아! 김현수 사장님, 듀 닥터 이예원이에요. 반가워요."

"저도 반갑습니다. 혹시 지금 바쁘세요?"

"네? 아, 데이트 신청이신가요?"

그간 많이 친해졌다고 느끼는지 농담을 한다.

"하하! 네. 잠시 뵈었으면 하는데 시간 좀 내주실 거죠?"

"물론이에요. 제가 나갈까요? 어디로 가죠?"

현수는 갑이고 태을제약은 을이다. 그것을 의식한 듯 상당히 적극적이다.

"아뇨. 제가 그쪽으로 갈게요."

"아, 그러세요? 네, 그럼 오세요. 언제 오실 거죠?"

"잠깐 일 보고 가겠습니다. 출발 전에 다시 전화 드리죠."

"네, 알겠습니다."

휴대폰을 내려놓곤 중얼거렸다.

"그나저나 이 양반은 어디로 갔지?"

현수는 민 사장에게 전화를 걸어 위치를 확인한 후 뒤따라갔다. 그냥 있을 순 없기 때문이다.

"어떻게 되었어요? 출산하셨어요?"

"난산인가 봐요. 간호사와 의사들이 줄줄이 들어가요."

민 사장의 낯빛이 창백하다. 사랑하는 아내가 어떻게 될까 싶어 불안 초조해한다.

현수는 분만실 근처로 다가갔다.

"이브즈드랍!"

엿듣기 마법이 구현되자 분만실 내부의 소리가 들린다.

"김 간호사, 제왕절개 수술 준비해요!"

"네, 선생님!"

"이 간호사, 아까 말한 거. 늦으면 산모와 태아 중 하나만 선택해야 하는 불상사가 일어난다는 거 몰라? 빨리!"

"네, 선생님!"

"닥터 정, 상태가 어때?"

"올 때부터 태아의 바이탈이 불안했어요. 태반이 먼저 떨어져 나갔거나 태아가 탯줄로 목을 휘감고 있는 상황인 것 같습니다."

대화 내용을 들어보니 응급 상황인 듯하다.

현수는 화장실로 들어가 문을 잠갔다. 그리곤 재빨리 옷을 벗었다.

"퍼펙트 트랜스페어런시! 워싱! 클린!"

투명 은신 마법을 구현시킨 뒤 스스로의 몸을 씻어 내렸다.

옷을 벗은 건 혹시 있을지 모를 병원균으로 인한 감염을 예방하기 위함이다.

입었던 의복을 아공간에 넣고는 곧바로 분만실로 들어갔다. 윤영지는 의식을 잃은 듯 축 늘어져 있다.

CHAPTER 05
아르센의 공주

'이런! 마나 디텍션!'

산모의 아랫도리 쪽으로는 갈 수 없기에 이마에 손을 얹고 상태를 살폈다. 의사의 말대로 태아가 탯줄을 감고 있다.

'얼마나 장난꾸러기가 나오려고. 으으음.'

윤영지의 체내로 마나를 밀어 넣었다. 이것은 탯줄을 타고 태아까지 미친다.

'자, 먼저 탯줄은 놓고 몸을 돌려보자. 그래, 그렇게! 옳지, 그래그래! 아이, 착하다.'

사실은 아기가 의도하여 움직이는 것이 아니다.

현수의 의지에 따라 아기의 손이 펴졌고, 발을 움직여 몸이 돌아간 것이다.

"아! 선생님, 태아의 바이탈이 돌아옵니다."

"그래? 자연분만 가능할까?"

"잠시만요. 아! 산모가 의식을 잃어 제왕절개로……. 어, 아닙니다. 산모가 의식 찾았습니다. 윤영지 산모님, 정신 드세요? 윤영지 산모님!"

"네, 괜찮아요. 아이는요?"

다소 힘은 없는 듯한 음성이지만 의식은 또렷하다.

"선생님, 이제 자연분만 가능할 것 같습니다."

"윤영지 산모님, 아직 분만 안 하셨어요. 이제부터 힘을 주셔야 합니다. 자, 이제부터 제 신호에 따라 힘을 주세요."

의사가 숫자를 세려 할 때 이 간호사가 먼저 입을 연다.

"선생님, 아이가 나오고 있어요."

사실은 현수가 밀어내는 중이다. 꼬맹이는 시키는 대로 발버둥을 치고 있을 뿐이다.

"아, 생각보다 빨리 나오고 있습니다. 김 간호사, 겸자!"

"네, 선생님. 여기요."

분만용 겸자는 가위처럼 생긴 것으로 흡인기보다 훨씬 강한 힘으로 태아를 끌어낼 수 있는 도구이다.

의사는 이것으로 아이의 귀 부분을 잡고 당겼다.

산모의 자궁을 빠져나온 녀석은 아들이다. 현수는 체내에 있을 때 이미 마나로 녀석의 상태를 파악했다.

아주 건강한 녀석이다.

그렇기에 잠시 흐뭇한 시선으로 바라보았다. 새 생명이 태어나게 하는 데 일조했다는 뿌듯함이 어린 시선이다.

"어! 어디 갔다 오셨습니까?"

"잠시 화장실에 다녀……."

현수의 말은 중간에 끊겼다. 분만실에서 김 간호사가 나온 때문이다.

"윤영지 산모님 보호자 분!"

"네, 접니다."

민윤서 사장이 불안한 표정으로 벌떡 일어난다.

"축하드려요. 아들이에요."

"네? 사, 산모는요?"

"산모와 아이 모두 건강하니 걱정 마세요. 조금만 더 기다리세요. 회복실로 모셨다가 병실로 옮겨드릴 테니까요."

"아이는요?"

"조금 있다가 신생아실로 가시면 보실 수 있을 거예요."

"아! 감사합니다. 감사합니다."

민 사상의 고개가 수없이 끄덕여진다. 어느새 불안감이 사라졌는지 환한 웃음이 어린다.

"축하드립니다."

"하하! 네. 아들이랍니다."

"좋겠습니다. 이름은 지어놓으셨습니까?"

"민현수가 어떨까 합니다."

말을 하며 빤히 바라본다.

"설마 제 이름을……. 그래놓고 현수 이놈 빨리 안 와? 현수 너 그러면 혼난다. 현수야, 까불지 마. 현수 너 그러면 맴매한다는 둥 이러려고 그러는 거 아닙니까?"

물론 농담이다. 그런데 민 사장은 그렇게 받아들이지 않는 표정이다.

"아, 그게 그렇게 되는군요. 그럼 민이실은 어떻습니까?"

"이름이 이실이라구요?"

"이실리프라고 지을 수는 없잖습니까."

"끄응! 마음대로 하세요. 이실이보다는 차라리 현수가 낫겠습니다. 이실이가 뭡니까?"

민 사장의 얼굴에 미소가 어린다.

"그러실 줄 알았습니다. 그래서 아이 이름은 따로 지어놓았습니다. 민대한입니다."

"아, 그 이름 좋습니다. 그리고 하나 더 낳으시고 민국이라 지어주십시오."

"그건 아니죠. 민민국이 뭡니까? 안 그렇습니까? 하하하!"

"아, 듣고 보니 그러네요. 아무튼 축하합니다. 나중에 술 한잔 거나하게 사십시오."

"네, 그럼요! 사모님과 함께하는 자리 준비하겠습니다."

하마터면 아이나 아내를 잃을 수도 있었음을 민 사장은 모른다. 그렇기에 환한 웃음을 짓고 있다.

병원을 떠난 현수는 곧장 듀 닥터 판촉실로 향했다.

*　　*　　*

"어서 오세요. 이쪽이에요."

현수의 차가 당도하자 기다리고 있던 이예원 실장이 다가온다. 요즘 살맛이 나는지 아주 예뻐지고 화사하다.

"오랜만이에요. 참, 제 결혼식에 와주셔서 고맙습니다. 미처 인사도 못 드렸습니다."

"에구, 왜 이러세요? 엄청 바쁘신 거 다 아는데. 자, 안쪽으로 들어가세요."

"네, 그럼."

이예원 실장의 안내를 받아 들어가자 태을제약 태정후 사장이 얼른 고개를 숙인다.

"어서 오십시오, 회장님!"

"아, 태 사장님, 안녕하시죠? 오랜만에 뵙습니다."

보아하니 이 실장의 연락을 받고 하던 일 다 때려치우고 달려온 듯하다. 혹시 있을지 모를 클레임을 우려한 모양이다.

자리에 앉자 차를 내온다. 그리곤 뭔가를 꺼내온다.

"이건 뭡니까?"

"듀 닥터 신제품 세트예요. 전보다 기능이 조금 더 향상된 제품이에요. 사모님 가져다드리세요."

"아! 이거 선물입니까?"

"호호! 네, 공짜 선물 맞습니다."

이 실장이 얼른 맞장구를 친다. 어떤 목적으로 보자고 했는지 몰라도 분위기를 부드럽게 하려는 의도이다.

어찌 이를 눈치채지 못하겠는가!

현수 역시 농담하듯 환히 웃는다.

"하하, 그래요? 그럼 감사히 받죠. 그런데 신제품이면 뭐가 좀 달라진 건가요?"

"네, 피부 재생기능을 업그레이드시켰어요. 향상된 내용은 따로 써두었으니 한번 읽어보세요."

"알겠습니다. 아내가 아주 좋아하겠군요."

"그나저나 무슨 일로 저를……."

약간은 불안한 안색이다. 거래 규모를 줄이겠다든지 제품의 하자가 있다는 말이 나올까 겁난다는 표정이다.

"에티오피아의 수도 아디스아바바 아시죠?"

"그럼요. 압니다."

"거기에 제약사 하나를 설립하려고 합니다. 그런데 연구원이 좀 필요해요. 혹시 유능한 연구원을 알고 계시면 소개해 주십사 하고 왔습니다."

"……!"

이 실장과 사장 모두 멍한 표정이다.

"참, 거기서 만드는 건 태을제약에서 생산되는 품목과는 아무런 연관이 없습니다. 화장품도 아니구요."

"아, 네에."

다소 안도된다는 표정으로 바뀐다. 조금은 긴장했었나 보다. 이때 태정후 사장이 현수와 시선을 마주친다.

"제가 소개해 드려도 되겠습니까?"

"물론입니다. 그래주시면 저야 감사하죠."

"제 대학 후배들에게 말해보려는데, 근무 조건 등은 어떤지요?"

"아, 그건……."

현수는 제약분야에 대해 아는 바가 별로 없음을 미리 이야기하고 연구원들의 급여수준 등을 물었다.

제약회사 연구원 대부분이 대학원 졸업 이상의 학력을 가졌다. 그럼에도 불구하고 생각보다 연봉 수준이 낮았다.

"평연구원의 경우 연봉 1억이면 어떻겠습니까? 출퇴근용 차량과 주거는 회사에서 제공하는 조건입니다."

"네? 얼마요?"

사장은 놀랍다는 표정을 짓는다. 국내 연구원들이 받는 급여보다 훨씬 높기 때문이다.

"연봉이 꽤 되는군요."

"근무지가 외국이잖습니까?"

"그래도 그렇지……. 아, 알겠습니다."

연봉 1억을 주겠다고 신문광고를 내면 벌떼처럼 몰려들 것이다. 그럼에도 그런 이야기는 하지 않았다.

최근의 불경기 때문에 직장에서 잘려 나간 후배들이 많다. 그들에게 먼저 기회를 주고 싶다는 욕심 때문이다.

"그런데 주거를 제공한다 하셨습니까?"

"아파트는 아니고 빌라 수준으로 제공할 수 있습니다. 가족 수에 따라 평수는 달라질 겁니다."

"그곳에도 빌라가 있습니까?"

"물론이죠. 시내엔 현대식 빌딩도 제법 됩니다."

"아이들 학교나 이런 게 문제가 되겠군요."

결혼하여 자녀가 있는 후배들이 많다. 그들의 현실적인 문제를 고려치 않을 수 없기에 무심코 한 말이다.

"한국식 학교도 지을 겁니다. 초, 중, 고등까지는 여기와 같은 수준의 수업이 진행됩니다. 그리고……."

현수는 잠시 본인의 구상을 이야기했다.

이실리프 제약은 코리안 빌리지 주변의 토지를 매입하여 조성할 예정이다. 인근에는 3~4층짜리 빌라촌을 건축하여 직원들의 거처로 삼을 것이다.

땅값이 저렴하고 인건비가 싼 지역이므로 2인 가족이면 32평 규모를 예상한다.

3인 가족 40평, 4~5명인 가족은 48평이다.

부모를 모시는 직원의 경우는 프라이버시 보호 차원에서 복층 빌라를 제공할 예정이다.

인근에는 아디스아바바 천지약품이 있고, 아와사 지역에 조성될 이실리프 농산, 축산, 농장의 연락 사무소도 만들어진다.

에티오피아 정부와 연락할 일이 많을 것이기 때문이다.

뿐만 아니라 이실리프 무역상사 현지 법인도 만들어질 예정이다. 한국의 공산품 등을 수입하고, 아와사에서 생산된 각종 농축산물을 수출하는 일을 맡게 될 것이다.

이 밖에 이실리프 모터스, 이실리프 어패럴, 이실리프 뱅크, 이실리프 자원, 이실리프 광업 등도 진출한다.

따라서 상당히 많은 인원이 상주하게 된다.

이실리프라는 이름 아래 소도시 규모쯤 되는 주거단지가 조성되는 것이다. 그렇기에 학교와 병원, 도서관, 수영장, 쇼

핑센터, 극장 등도 지으려 한다.

타국 땅에서 고생하게 될 직원들을 배려하는 의도이다.

현수의 설명을 들은 태정후 사장은 크게 고개를 끄덕인다.

기업주로서 직원들의 복지를 이만큼 신경 쓰는 사람을 본 적이 없기 때문이다.

"연구원 걱정은 하지 마십시오. 제가 책임지고 구해 드리겠습니다. 그런데 몇 명이나 고용하실 생각이십니까?"

"일단은 30명 수준입니다. 차츰 숫자를 늘려야지요."

이실리프 제약은 점차 생산범위를 넓힐 것이다.

현재처럼 한국의 의약품을 일방적으로 수입만 하면 나중에 문제가 될 것이기 때문이다. 하여 우간다나 케냐 등지로 범위를 넓히면서 조금씩 물량을 조절할 생각이다.

"많군요. 알겠습니다. 구해 드리지요."

"감사합니다. 덕분에 아주 편하게 되었습니다. 하하!"

"무슨 말씀을. 도움을 드리게 되어 저희도 기쁩니다."

태 사장과 이 실장이 환히 웃는다.

"참, 요즘 어려움을 겪고 계시다 들었습니다."

"아, 그거요. 운이 없는데 괜한 욕심을 부린 탓이지요. 면목이 없습니다. 주주이시기도 한데……."

태 사장의 얼굴에 처연한 빛이 감돈다.

신제품 듀 닥터를 출시하고도 화장품 업계에 발붙이기 힘든 세월이 있었다. 국내 장업계가 워낙 쟁쟁한 때문이다.

그때 이실리프 무역상사의 도움으로 러시아 진출을 하지 못했다면 태을제약은 벌써 무너졌을 것이다.

그 상황을 유지했다면 지금쯤 아주 잘나가고 있을 것이다.

그런데 본인이 과욕을 부려 선대로부터 이어진 태을제약이 휘청거리고 있다.

현수는 상당히 많은 주식을 보유한 주주이다. 본의 아니게 피해를 끼쳤으니 민망하여 말을 잇지 못한 것이다.

"그거야 극복하면 되니 너무 자책하지 마십시오."

"고맙습니다."

태 사장은 자신보다 훨씬 어린 현수의 말에도 깊숙이 고개를 숙인다. 아주 잘 익은 벼 같은 인품인 듯싶다.

"사장님을 뵌 김에 몇 가지만 의논하죠."

"네? 아, 네. 말씀하십시오."

"에티오피아 의무부로부터 주문 받은 물량이 있습니다."

"……!"

듣던 중 반가운 소리라는 듯 고개를 번쩍 든다.

"말라리아 백신 3,000만 명분을 제조해 주십시오."

"네? 얼마요?"

"3,000만 명분입니다. 최대한 빨리 해주셔야 합니다."

"알겠습니다. 곧바로 준비토록 하지요."

지금도 공장은 바쁘게 돌아간다. 백신이 추가되면 24시간 가동해야 할 상황이다. 그럼에도 고개를 크게 끄덕인다. 하루라도 빨리 채무를 변제할 수 있기 때문이다.

"이번 일이 끝나고 나면 저하고 할 일이 있습니다."

"네?"

"그전에 듀 닥터를 더 업그레이드시킬 수 있을까요? 신제품보다도 기능이 뛰어나게 만들 수 있느냐는 말씀입니다."

"아마… 어려울 겁니다. 우리 연구원들이 최선을 다해 만든 게 이번 신제품이니까요."

태 사장은 더 이상은 없다는 듯 확신에 찬 눈빛이다.

이 실장도 고개를 끄덕이고 있다. 실제로 수많은 데이터를 얻어서 만든 게 이번 신제품이기 때문이다.

같은 순간, 현수는 아공간에 담겨 있는 트롤이 몇 마리인지를 세고 있다.

브론테 왕국 흑마법사들을 처치하기 위해 달려갈 때 아공간을 열어 마구잡이로 몬스터들을 집어넣었다.

오거나 드레이크 등도 있지만 가장 많이 들어간 게 트롤이다. 녀석들이 군집해 있었기 때문이다.

'217, 218, 219… 248! 248마리나 넣었어? 의외로 엄청 많았네. 근데 좀 아깝다. 산 채로 잡았다면 두고두고 써먹을 텐데. 쩝!'

현수는 국내 곰 사육장에서 녀석들로부터 담즙을 뽑아내던 장면을 떠올렸다. 지탄을 받던 뉴스 장면이다.

트롤을 사육하게 된다면 그 장소는 아르센 대륙이다.

그리고 곰은 동물이지만 트롤은 몬스터이다. 따라서 동물보호법과는 아무런 관련이 없다.

'아무튼 이 녀석들의 체액을 뽑아 화장품에 넣으면 피부재생 효과가 훨씬 나아지겠지?'

이때 문득 떠오르는 상념이 있다.

'가만, 식물계의 트롤이 디오나니아잖아. 잎사귀 채취 때 수액이 제법 많이 나오는데 그것까지 합치면…….'

태 사장과 이 실장은 현수가 잠시 멍해 있자 왜 이러나 싶어 서로를 바라본다.

"아프리카 오지를 자주 다니다 보니까 신기한 식물들이 있더군요."

"……!"

뜬금없는 아프리카 식물 이야기라 그런지 대꾸가 없다.

"칼로 상처를 내면 불과 몇 분 만에 흔적조차 없이 사라지는 놈들입니다."

트롤은 꺼낼 수 없기에 식물인 듯 이야기한 것이다.

"……!"

둘은 생전 처음 들어보는 놀라운 이야기라는 표정이다.

"그 식물들의 수액을 듀 닥터에 첨가해 보면 어떨까 해서요. 그러면 신제품보다 피부 재생 효과나 상처 치유효과가 더 괜찮은 게 만들어지지 않을까요?"

화장품은 여성들이 주로 많이 사용한다.

여기엔 여러 가지 목적이 있다. 민감한 피부를 보호하고 잡티를 감추거나 예뻐 보이기 위함 등이 있다.

그리고 세상의 모든 여자는 노화를 억제하고 싶어 한다.

나이 들면 생기는 눈가의 주름 등을 없애려고 많은 돈을 쓰는 등 온갖 노력을 한다.

결과부터 말하자면 트롤의 체액과 디오나니아의 수액이 적절히 조화된 '슈피리어 듀 닥터(Superior Dew Doctor)' 는 공전절후의 히트 상품이 된다.

며칠만 써도 눈가의 주름이 펴지고 목 밑의 주름 또한 사라진다. 이마에 새겨진 깊은 주름도 없어지니 세상 모든 여성의 열광적인 찬사를 듣는다.

여기에 수분 케어 기능이 있어 늘 촉촉한 피부를 유지케 하고 기미와 주근깨를 제거해 준다.

기미[Melasma]는 호르몬과 햇빛, 그리고 유전적 이유 때문에 발생되는 반점이다.

임신했을 때 나타나며, 자외선의 영향 때문이기도 하다.

주근깨[Freckle]는 햇빛에 노출된 피부에 주로 생기는 황갈

색의 작은 색소성 반점이다.

유전적 경향이 있을 수 있는데, 자외선에 의해 피부 멜라닌 세포가 자극을 받아 멜라닌 색소의 합성이 증가하여 발생하는 것으로 알려져 있다.

슈피리어 듀 닥터에는 강력한 자외선 차단 기능도 있다.

아울러 원상회복 효능이 있기에 기미와 주근깨가 사라지는 것이다. 따라서 피부 결점을 감춰주기 위해 사용되는 컨실러(Concealer)가 필요 없게 된다.

이러니 어찌 여자들이 열광하지 않겠는가!

"그게 대량 생산이 가능할 만큼 있는 겁니까?"

트롤은 아르센 대륙에서 사육하면 되고, 디오나니아의 수액은 조만간 대량으로 발생된다.

"아마도 가능할 듯합니다."

"혹시 샘플을 주실 수 있는지요?"

"당연히 있지요. 며칠 내로 받으실 수 있을 겁니다."

"고맙습니다. 정말 고맙습니다."

현수의 말대로라면 회사가 겪는 위기는 곧 끝난다. 그렇기에 태 사장의 얼굴이 환해진다.

"그리고 하나 더 있습니다."

"하나 더요?"

둘이 또 뭐냐는 표정을 지을 때 현수는 가방을 뒤적거린다.

물론 그 안의 아공간을 휘저은 것이다.
“네, 잠시만요. 아, 여기 있네요.”
이번에 꺼내 든 건 식물의 잎사귀이다.
여신의 신성력으로 카이로시아의 침실에서 시들어가던 놈을 살려낸 뒤 잎사귀 몇 개를 떼어놓은 것이다.
“이건 뭡니까?”
“보다시피 식물의 잎사귀지요. 이 실장님, 냄새 한번 맡아보세요.”
“흠흠! 흠흠흠!”
코를 대고 냄새를 맡던 이 실장의 눈이 지그시 감긴다.
“흐음! 이 향은…….”
바닐라 향과 페퍼민트 향의 오묘한 조화는 달콤함과 더불어 폐부에 청량감을 느끼게 한다.
이 실장은 이 냄새를 계속 맡고 싶다는 욕구를 느꼈다.
“어떤가?”
“아, 사장님도 한번 맡아보세요. 이건 뭐라고 말로 형용할 수가 없어요.”
“그래? 흠흠! 흠흠흠!”
태 사장 역시 코를 벌름거리며 냄새를 맡는다.
“아아! 이 냄새는… 흐음, 너무 좋아. 아주 달콤해. 그리고 아주 시원한 느낌이야. 하으음! 어떻게 이런 향이…….”

예상대로 둘 다 감탄한다.

"이걸로 천연 향수를 만드는 건 어떨까 싶습니다."

"천연 향수요?"

영국에선 'Clive Christian No.1'이란 향수를 판매한다.

이 브랜드에선 매년 남성용 1,000개, 여성용 1,000개만 생산한다. 30ml와 50ml짜리 두 가지가 있다.

하나당 2,350달러(282만 원)로 기네스북에 올라 있는 가장 비싼 향수이다.

이 회사에서 만든 향수 가운데 Imperial Majesty란 것이 있다. 오직 열 병을 만들어 다섯 병만 팔았다.

이것 하나당 가격은 20만 달러(2억 4천만 원)이다.

전문가들은 구하기 힘든 천연 향료가 그 원료일 것이라고 추측한다. 다시 말해 천연 향료로 만드는 향수는 가격이 매우 비싸다.

"천연 향수를 만들 정도로 이걸 많이 구할 수 있습니까?"

"대량 생산은 어려울 것 같습니다. 다만 상당량은 제조 가능할 듯합니다."

이 식물은 지구에선 재배가 불가능하다. 마나 농도에 매우 민감하기 때문이다. 따라서 아르센 대륙에서 재배해야 한다. 아무래도 재배 책임은 성녀에게 맡겨야 할 듯싶다.

"어떻습니까? 향수로 출시 가능할까요?"

"김 회장님, 우리 회사 명칭을 변경해도 되겠습니까?"

"네? 그게 무슨……."

갑자기 뭔 말이냐는 표정으로 바라보았다.

"이실리프라는 명칭을 쓸 수 있도록 해주십시오."

이실리프 계열사로 편입되고 싶다는 뜻이다.

"아이고, 무슨 말씀이십니까. 안 됩니다."

"지금도 저희 회사 대주주이시잖습니까. 저보다도 지분이 많으시니……."

"아닙니다. 안 됩니다. 태을이라는 이름이 어떻게 해서 만들어진 건지 아시잖습니까?"

"……!"

"저도 들어서 압니다. 발해와 고구려의 정신은 위대합니다. 그냥 태을이라는 이름을 쓰십시오. 그렇다 하여 거래를 끊거나 지원이 줄어들지는 않을 겁니다."

"아……!"

태 사장은 나지막한 탄성을 낸다.

선친이 회사를 만들 때의 정신이 바로 고구려와 발해의 혼을 이어 세계 시장에 우뚝 서는 제약사가 되는 것이다.

그걸 알아주니 저도 모르게 탄성을 낸 것이다.

"알겠습니다. 말씀대로 향수 생산도 하겠습니다."

"네, 원료가 확보되는 대로 보내드리겠습니다."

"감사합니다. 감사합니다. 정말 감사합니다."

태 사장이 연신 고개를 숙인다. 태을제약의 은인이니 고개 따위는 수만 번도 조아릴 수 있다는 마음의 발로였다.

나중의 일이지만 천연 향수 역시 히트 상품이 된다.

매년 남성용과 여성용 10,000병씩을 생산하며 병당 가격은 2,400달러(288만 원)이다.

그럼에도 싸다고 난리다. 천연이기 때문이다.

전부 인터넷을 통한 직접 판매이다. 하여 향수 단일 품목 매출만 매년 4,800만 달러(576억 원)이다.

현수는 거의 공짜로 원료를 제공한다. 향수가 나올 즈음 태을제약의 지분율이 70%를 넘기 때문이다.

제조 원가를 제외한 나머지 90%가 마진이다.

매년 518억 원 정도가 이익인 것이다. 참고로 향수의 이름은 '아르센의 공주(Princess of Arsen)' 이다.

모든 상담을 마치고 태을제약을 나서는 현수의 차에는 신제품 듀 닥터가 한가득 실렸다. 이은정 실장을 비롯한 이실리프 무역상사 여직원들에게 나눠 주라면서 실어준 것이다.

* * *

"아, 사장님."

이지혜 대리가 현수를 보자 발딱 일어난다. 곁에서 수출할 상품 상담을 하던 김수진 대리 역시 얼른 일어선다.

"아, 안녕하세요, 사장님!"

"네, 모두들 바쁘시네요."

"네? 아, 네."

아니라고 안 하는 걸 보면 진짜 바쁜 모양이다. 현수는 자동차 키를 지혜에게 건넸다.

"이 대리, 내 차에 가면 신제품 듀 닥터가 실려 있습니다. 세 박스만 빼고 모두 가져오세요. 아, 물량이 많으니 다른 분들과 함께 가세요."

"네, 알겠습니다."

지혜가 눈짓으로 임소희와 장은미, 그리고 최미애와 전혜숙을 불러냈다. 수진은 손님이 있는지라 엉거주춤한다.

"김 대리, 이 실장은 어디 갔습니까?"

"네? 아, 그게……."

제대로 답변이 나오지 않자 싱긋 웃어주었다.

"웨딩촬영 나갔어요, 아님 혼수 준비하러 갔어요?"

"사, 사장님, 이 실장님이 근무시간에 자리를 비운 건 오늘이 처음입니다."

안절부절못하는 걸 보니 친구를 감싸고 싶은 모양이다.

"괜찮아요. 일생에 한 번뿐인 결혼이잖아요. 앞으론 바쁘면 언제든지 자리 비워도 된다고 하세요."

"네? 그래도 어떻게……. 회사 일도 중요한데……."

원론적인 이야길 하려 하여 얼른 대꾸했다.

"이 실장에게만 국한된 이야기가 아닙니다. 김 대리도 나중에 결혼할 땐 자리 비워도 됩니다. 동료를 믿으세요."

말을 하며 윙크를 하자 그제야 마음이 놓인다는 듯 고개를 숙인다.

"감사합니다, 사장님."

"바쁘시니 손님 먼저 접대하세요. 그리고 이 실장 들어오면 내 방으로 오라고 하구요."

"네, 알겠습니다."

현수가 사장실로 들어가자 김 대리는 가슴을 쓸어내린다. 은정이 자리를 비웠다고 화를 낼 줄 알았던 때문이다.

이때 상담 차 방문한 여자가 환히 웃는다.

"소문보다 김현수 사장님 멋진 분이네요."

"네? 아, 네. 그럼요. 정말 멋진 분이시죠."

수진은 얼른 고개를 끄덕이며 환히 웃는다.

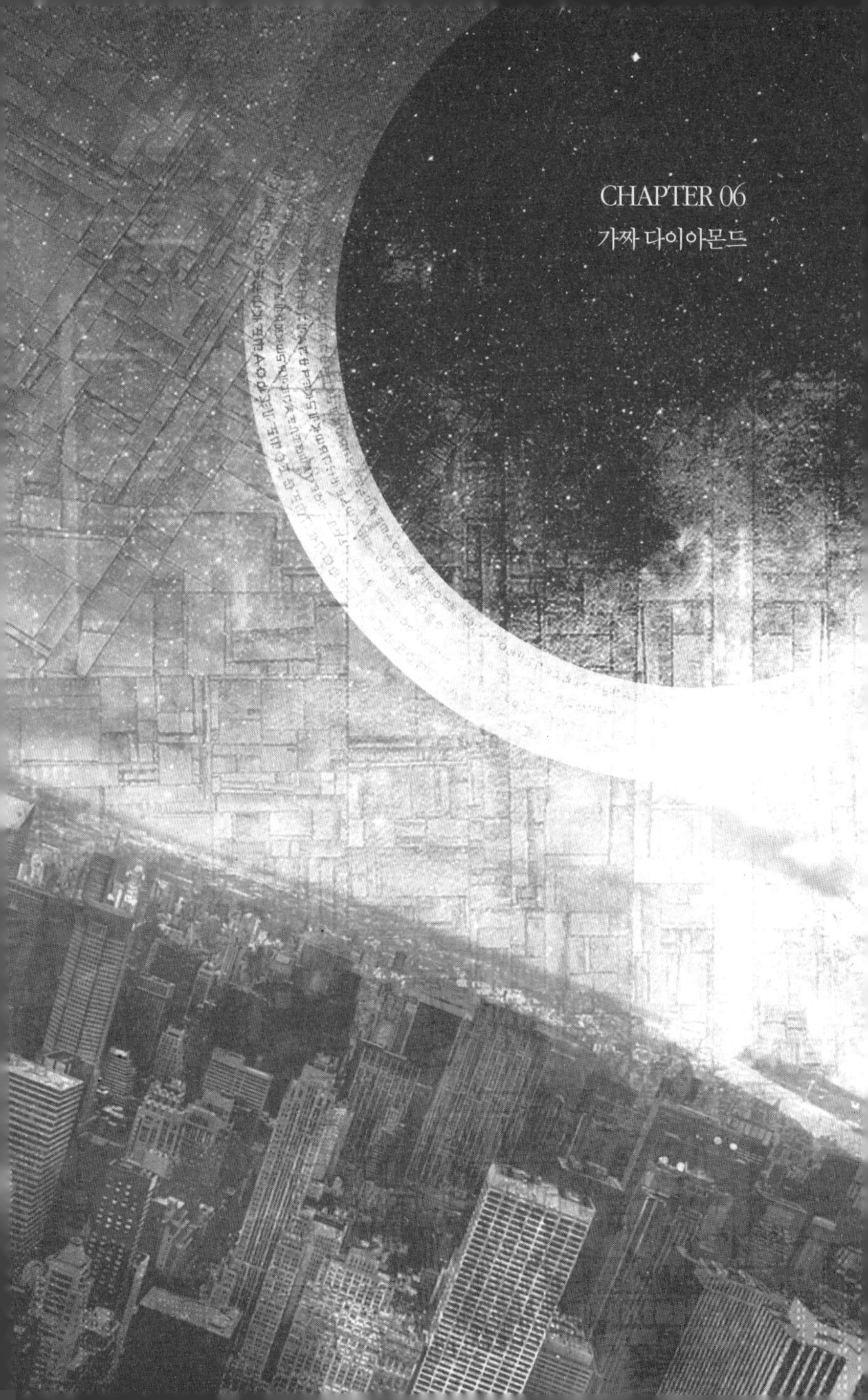

CHAPTER 06
가짜 다이아몬드

전능의 팔찌

THE OMNIPOTENT BRACELET

"사장님, 죄송합니다."

노크를 하고 들어온 은정이 송구스럽다는 표정을 짓는다. 예물 때문에 잠깐 나갔다 온 게 마음에 걸리는 것이다.

"죄송 안 해도 되니까 마음 쓰지 마세요. 그리고 바쁘겠지만 나하고 갈 데가 있어요. 지금 나가도 되요?"

"그, 그럼요."

은정이 고개를 끄덕이자 재킷을 집고 사무실 밖으로 나가니 듀 닥터가 수북하게 쌓여 있다.

"이 대리, 이거 직원들에게 두 세트씩 나눠 주세요. 태을제약에서 여러분에게 주는 선물이랍니다."

"네에? 정말요? 와아!"

"우와! 정말요? 이 비싼 듀 닥터 세트를요?"

"우와아~! 헤헷, 기분 좋아용. 그치, 언니?"

"그래, 이거 진짜 좋은 건데."

여직원들의 환호성이 들려온다. 선풍적인 인기를 끌고 있는 듀 닥터는 제법 고가로 팔리는 것이기 때문이다.

*　　*　　*

"지금 어디로 가는지 궁금하죠?"

"네. 어디로 가는 건가요?"

"용산구에 있는 방위사업청으로 가는 중입니다."

"네? 어디요?"

"방위사업청으로 가는 길이에요. 이건 이실리프 무역상사 사장으로서 하는 마지막 일이 될 겁니다. 앞으로는 이 실장님이 하셔야 하는 일이구요."

"네? 그게 무슨……?"

현수가 회사를 떠나기라도 한다는 느낌을 받았는지 화들짝 놀라는 표정이다. 하지만 현수는 짐짓 아무렇지도 않은 표정으로 전면을 응시하며 입을 열었다.

"주영이는 이실리프 상사의 사장으로 발령 냈습니다. 이은정 실장님은 이실리프 무역상사의 사장이 될 겁니다."

"네? 사장님……!"

"다들 나를 회장이라 부르기로 했다고 합니다. 그래서 이실리프 무역상사 사장 자리에서 물러나려구요."

"그래도……. 사장님, 전 아직 어려요. 이제 갓 대학을 졸업한 풋내기예요. 그런데 어떻게……?"

"지금도 훌륭하게 회사를 잘 꾸려 나가고 있잖아요. 이 정도면 됩니다. 지금처럼 하시면 됩니다. 그리고 내가 아주 가는 것도 아니고 회장으로 있잖아요."

"그래도 어떻게……?"

자리가 부담스럽다는 표정이다. 이실리프 무역상사는 작은 회사가 아니다. 매월 수출 규모가 늘고 있다.

하여 무역협회는 물론이고 경제 관련 단체로부터 회의 참석을 요구 받고 있다.

특히 제약과 관련된 곳에선 매번 부른다.

그 업계에선 가장 큰손으로 성장한 때문이다.

지금까지는 사장이 아니기에 아무렇지도 않았지만 사장이 되면 늙다리들이 득실거리는 곳에도 가야 한다.

나이는 어리고 경험은 일천하다.

늑대와 승냥이, 여우와 살쾡이같이 산전수전 다 겪은 노회

한 사람들이 즐비한 전쟁터를 견뎌내기엔 너무 여리다.

그렇기에 물러줬으면 하지만 현수의 표정을 보니 물 건너 간 듯하다. 회장 하겠다는데 사장으로 내려오라는 꼴이 되기 때문이다.

"많이 도와주셔야 합니다."

"당연하죠."

"사장실 팻말은 회장실로 바꿔 달겠습니다."

"……!"

"저더러 그 방 쓰라고 하지 마세요. 그 방은 사장님, 아니, 회장님의 전용 공간이니까요."

"알겠습니다. 그렇게 하죠. 대신 다른 층에 사장실을……."

"이제부턴 제가 사장이니 알아서 결정하도록 하겠습니다."

제법 단호하다. 이실리프 무역상사 사장을 하기로 마음먹은 것이다. 그렇기에 웃으며 고개를 끄덕여 주었다.

"…그러세요."

이후엔 회사 운영 전반에 관한 의견을 주고받았다. 회사의 규모가 눈덩이처럼 커지고 있기에 조율할 것이 많았다.

하지만 문제점은 없다. 넘쳐나는 현금이 있으니 난관이랄 게 없는 것이다. 너무도 돈이 잘 벌리므로 발생된 이익을 어디에 쓰느냐가 문제라면 문제였다.

"참, 아주버님."

지금껏 사장님이라 불렀는데 갑자기 호칭을 바꾼다.

회사 일은 다 말했고, 이제부터는 개인적인 이야길 하고프다는 뜻이다.

"네, 제수씨."

현수의 입가에 흐뭇하다는 웃음이 머문다. 남동생이 없기에 평생 제수씨 소리는 못해볼 것이라 생각했기 때문이다.

"주영 씨 좀 말려주시면 안 돼요?"

"흐음, 뭔가 의견 대립이 있나보죠?"

"예물을 너무 과한 걸 고르려고 해요."

"과한 거요?"

"네, 결혼반지를 고르는데 자꾸 큰 거만 봐요. 저는 3부짜리도 괜찮고 그냥 금반지도 괜찮은데……."

"제수씨, 주영이도 이제 수입이 괜찮으니 조금 큰 걸로 해도 되지 않을까요?"

본인이 신부들에게 한 것이 있어 한 말이다.

"반지는 그냥 장신구잖아요. 버는 돈을 잘 모았다가 나중에 집도 사고 해야 하는데 쓸데없는 데 쓰는 거 같아서요."

은정은 며칠 전에 대학을 졸업했다.

그전에 동기들 가운데 취업 1호로 돈을 벌기 시작했다.

알바로 간신히 등록금을 마련하다가 갑자기 그것의 몇 배나 되는 돈을 벌게 되자 혼란이 빚어졌다.

많이 벌기는 하는데 그걸 써도 되나 하는 마음이 든 것이다. 다시 말해 본인의 돈이지만 그걸 실감하지 못한다.

이러다 갑자기 예전으로 되돌아갈 수도 있다는 생각에 마냥 불안한 나날이다.

그렇기에 주영이 고르는 값비싼 결혼예물이 매우 부담스럽다. 그를 말릴 사람은 현수뿐이기에 털어놓은 것이다.

"그 녀석이 고른 건 뭔데요?"

"GIA[3] 보증서가 붙은 2캐럿짜리 다이아몬드 반지예요."

"흐음, 조금 비싸겠군요."

현수 역시 없이 살던 시절이 있다. 그리고 장신구에 별 관심이 없다. 그렇지만 GIA 보증서가 붙은 2캐럿짜리 다이아몬드가 꽤 비쌀 거라는 건 알고 있다.

방금 언급된 2캐럿짜리 다이아몬드는 평균 시가가 약 3,000만 원이며, 등급이 좋으면 최고 1억 원까지 간다.

참고로 여당이 서울시장 선거 후보로 낸 여성이 2캐럿짜리 다이아몬드 반지를 시가 700만 원으로 신고했다가 엄청난 질타를 받은 바 있다. 이 여성은 지난 2004년 6월에 자위대 창설 기념식에 참석하여 욕을 먹기도 했다.

현수가 이런 생각을 하고 있을 때 은정이 입을 연다.

---

3) GIA : Gemological Institute of America, 미국 보석학회.

"조금 비싼 게 아니라 엄청 비싸요."

최근 주영과 여러 면에서 대립하는 중이다.

텔레비전과 냉장고 등 가전제품도 크고 좋은 걸 고른다.

현재 집에 있는 걸 써도 되는데 신접살림이라면서 모두 새 것으로 장만하려 한다.

은정은 그 돈으로 나중에 주택 마련을 했으면 한다. 그런데 자신의 뜻을 따라주지 않아 티격태격하는 중이다.

"주영 씨 좀 말려주세요. 그 사람 말릴 사람은 아주버님밖에 없잖아요. 네?"

진심으로 돈이 아깝다는 생각인지 심각한 표정이다.

"알았어요. 그거 못 사게 할게요."

"어머! 정말요?"

현수가 이야기하면 주영도 뜻을 접을 것이라 생각했는지 반색하며 웃는다. 역시 신부는 웃을 때가 제일 예쁘다.

"대신 내가 보석 선물을 할게요."

"네? 아주버님이 왜……?"

"일전에 잉가댐 사전 답사를 갔는데 그때 강가에서 보석 같은 걸 주웠어요. 하트 모양이에요. 그건 어때요?"

"네?"

"녀석에겐 다이아몬드라고 할게요."

"아, 그럼……."

"비슷하긴 하지만 아마 아닐 겁니다."

"…고맙습니다, 아주버님!"

은정이 고개를 꾸벅 숙인다.

"하하, 고맙기는요. 그냥 강가에서 주은 건데요."

말을 이렇게 하지만 현수가 주영에게 주는 건 하트 모양으로 세공된 드워프제 다이아몬드 반지이다.

3.5캐럿짜리 무결점 초특급 블루다이아몬드가 박혀 있다.

이것의 가치는 겉보기엔 약 5억 정도 된다. 특이한 모양과 섬세한 세공 때문이다.

하지만 실제 가치는 10억을 훌쩍 뛰어넘는다.

반지 안쪽에 문양처럼 새겨진 임플로빙 이뮤너티 마법진 때문이다. 면역력 증진 마법진이니 끼고만 있어도 평생 잔병치레를 하지 않게 된다.

감기나 몸살을 앓지 않는 것은 당연하고 당뇨나 암 같은 질병에도 걸리지 않는다.

은정이 사실을 알기까지는 꽤 오랜 시간이 걸린다.

결혼 후 어느 날, 은정은 친구 결혼식을 돕게 된다. 그때 보석상 주인의 권유로 감정을 받고야 알게 된다.

가짜인 줄 알았던 것이 최상 등급을 넘어 초특급이라니 어찌 놀라지 않겠는가! 그날 이후 은정은 반지가 아까워서 끼지도 못하고 진열만 해놓는다.

"자, 다 왔네요."

"아! 여기가 방위사업청이군요. 어느 부서로 가죠?"

"국제방산협력과나 수출진흥과로 가야지요. 국제 협력 및 방산 수출 지원업무를 전담하는 부서들이니까요."

입구에 당도하여 접견신청을 했다. 무기 수출을 하려 한다니까 수출진흥과 담당자에게 연락을 취해 주었다.

자판기에서 커피를 뽑아 마시며 창밖 풍경을 보고 있을 때 문이 벌컥 열린다.

"오래 기다리시게 하여 정말 미안합니다. 선약된 상담이 있어 조금 늦었습니다. 수출진흥과 정인래 대리입니다. 방산물자 수출상담 건으로 오셨다고요?"

"네, 저는 이실리프 무역상사 김현수이고, 이쪽은 저희 회사 이은정 실장입니다."

"반갑습니다. 일단 앉으시죠."

탁자를 사이에 두고 마주 앉았다.

"어디로 어떤 물자를 수출하려 하시는지요? 또 물량은 얼마나 되는지도 말씀해 주십시오."

"수출하려는 국가는 에티오피아입니다. 수출하고자 하는 품목은 FA-50 20대와……."

"자, 잠깐만요. 방금 FA-50 20대라고 하셨습니까?"

"네, 대신 그쪽 조종사들에게 비행훈련을……."

현수의 말은 또 중간에 끊겼다. 정 대리가 먼저 입을 연 때문이다.

"잠깐만요. 이건 제가 다룰 건이 아닌 것 같습니다. 기다려 주시면 저희 과장님을 모셔오겠습니다. 괜찮겠습니까?"

"…네? 그러시죠."

정인래가 나간 후 현수와 은정은 피식 웃었다. 데자뷰 느낌이 든 때문이다.

처음 이실리프 무역상사를 만들고 둘이 찾아갔던 제약사가 있다. 그때 임동훈 영업과장이라는 사람이 둘을 맞이했다.

그는 현수가 내민 서류를 받아 들고는 경악성을 토했다. 어마어마한 물량 때문이다.

"헉! 이렇게나 많이……?"

"네, 일단 그 정도가 필요하고 추후로도 계속해서 약품을 수출할 계획입니다."

현수의 말에 임 과장을 자리에서 벌떡 일어났다. 그리곤 다음과 같이 이야기했다.

"잠깐만요. 이건 제 선에서 어찌할 일이 아닌 것 같습니다. 저희 부장님을 모셔오겠습니다. 잠시만 기다려 주십시오."

오늘의 이 상황이 그때와 상당히 유사하기에 둘은 서로를 바라보며 빙그레 웃고 있는 것이다.

잠시 후 문이 벌컥 열리고 정장차림 중년인이 들어선다. 그의 뒤에는 정인래 이외에도 직원 하나가 더 있다.

"안녕하십니까? 방사청 수출진흥과장 홍덕만입니다."

"네, 이실리프 무역상사 대표 김현수입니다."

"이은정 실장입니다."

명함을 주고받고는 다시 자리에 앉았다.

"방금 전 정 대리로부터 FA-50 20대를 에티오피아에 수출하려고 한다고 들었습니다. 맞습니까?"

"네, 수출을 할 수만 있다면 그렇게 할 겁니다. 대신 저쪽 조종사들을 교육시켜 줘야 합니다."

"…FA-50 20대의 가격이 얼만지는 아시는지요?"

"가격은 제가 잘 모르지요. 하지만 저쪽에서 그걸 사겠다는 의사는 분명합니다."

"실례지만 무기구매를 의뢰한 저쪽의 담당자가 누군지 말씀해 주실 수 있겠습니까?"

무기거래 관련 국제적인 사기꾼들이 있기에 하는 말이다.

"물론입니다. 저쪽의 구매 담당자는 에티오피아의 국방장관인 시라즈 페게싸 셰레파입니다."

"네에?"

국방장관이 직접 나서서 무기를 구매하겠다고 한다.

현수의 말이 사실이라면 공을 들이고 또 들이면서 애를 태워도 성사될까 말까 한 무기 수출이 성사되는 셈이다.

그것도 아무런 비용도 경쟁도 없는 상태에서!

그렇기에 홍덕만 과장의 눈이 커지고 있다.

FA—50 수출과 관련된 내용을 살펴보면 다음과 같다.

● 구매 확정 국가

필리핀 : FA—50 12대 확정

인도네시아 : T—50 16대 확정

● 구매 협상 국가

폴란드 : 16대 입찰 경쟁 중

이라크 : T—50 포함 24대, 8억 달러 구매 의향 있음

태국 : 16대 구매 의사 타진. 1차 협상 중

미국 : 300대 100억 달러 규모 훈련기 협상 예정

폴란드의 경우는 대통령 대 대통령이 만나서 접점을 찾을 정도로 경쟁이 치열하다. 그런데 아무런 소식도 없다가 느닷없이 '20대 산다니 팔아라' 라고 이야기하고 있다.

"그쪽의 구매의사는 확실한 겁니까?"

"네. 팔기만 하면 100% 구매하겠다고 했습니다."

"어허! 세상에!"

긴장했다가 맥이 풀리는 듯 소파에 등을 기댄다. 이때 현수의 말이 이어진다.

"수리온도 구매할 수 있으면 18대를 사겠다더군요."

"수리온 18대를요?"

"네. 뿐만 아니라 K-2 흑표 100대와 다연장로켓포 구룡, 그리고 K-9 자주포 100문을 사겠답니다."

"……!"

점입가경이기에 홍 과장 등은 멍한 표정이 되었다. 하지만 현수의 말은 그치지 않고 있다.

"아울러 현무와 천무 미사일도 판매하라고 합니다."

"끄으응!"

"참, K-2 소총도 산답니다. 삼영 E&C에서 개발한 단파통신체계도 갖추려 하니 협조해 달라더군요."

"……!"

입만 열면 믿지 못할 이야기들이 쏟아져 나오기에 홍덕만 과장 등은 넋 나간 표정이 되어 있다.

현수는 홍 과장 등이 이야기를 듣느라 메모하지 못했음을 알고 있다. 하여 은정에게 시선을 주었다.

"이 실장, 프린터에 연결하여 주문 의뢰서를 인쇄하세요."

"네, 사장님."

은정은 가방 속에서 노트북과 휴대용 프린터를 꺼냈다. 그리곤 지시대로 의뢰서를 인쇄했다.

"이게 제가 주문 받은 물량입니다. 가격은 제가 잘 모르니 가급적 좋은 가격을 제시해 주십시오. 산다고는 했지만 너무 비싸면 발을 뺄지도 모르니까요."

"아이고, 그럼요."

은정이 건넨 의뢰서를 받아 든 홍 과장은 얼른 수량을 살핀다. 방금 전 현수가 말했던 그대로이다.

그러고 보니 눈앞의 사나이는 수십 조원짜리 공사를 턱턱 따오는 사람이다. 그래서 그런지 왠지 신뢰가 간다.

"알겠습니다. 윗분들과 상의하여 최대한 빠른 인도 시기와 적절한 가격을 제시토록 하겠습니다."

"그래주시면 저야 고맙지요. 참, 앞으로의 업무는 제 곁에 있는 이은정 차기 사장이 맡을 겁니다."

"네?"

"이 실장님이 곧 저희 회사 대표이사가 될 거거든요."

"아, 그렇습니까?"

홍 과장은 은정을 보며 놀라는 표정을 짓는다.

곧 어마어마한 거래를 하게 된다. 그런데 너무 어려 보인다. 하여 우려 섞인 표정이다.

"염려 마십시오. 이 실장님은 지금도 매월 3억 달러 이상의 수출입 업무를 주관하고 있으니까요."

"아, 그렇습니까?"

홍 과장 등은 또 한 번 놀라는 표정이다.

이제 겨우 20대 초반인 듯싶은데 매월 3,600억 원짜리 거래를 결정한다니 어찌 놀라지 않겠는가!

"참, 이실리프 어패럴에서 러시아에 항온전투복을 수출하겠다는 서류를 접수시켰을 텐데 어떻게 진행되고 있습니까?"

"아, 그 건이요?"

곁에 있던 정인래 대리가 끼어든다. 시선을 주니 들고 있던 패드를 조작하곤 대답한다.

"별문제 없는 한 곧 최종 승인이 될 듯합니다."

"다행이군요. 알았습니다."

"저흰 이만 가볼게요."

"네? 아, 네에."

홍 과장이 뭐라 하기도 전에 자리에서 일어선 둘은 정중히 예를 갖추곤 자리를 떴다.

둘이 나간 후 홍 과장은 다시 한 번 의뢰서를 읽어본다.

밀고 당기기 한번 없이 주문이 확정되었다니 믿어지지 않는다. 정식 계약서를 체결할 때 인수 조건 등이 붙을 것이나 그건 관례에 따르면 된다.

"정 대리, 나 청장실에 갔다 올게."

"네, 다녀오십시오."

홍 과장마저 자리를 뜨자 잠시 머뭇거리던 정 대리도 직원을 데리고 나간다.

2018년 2월 22일 금요일에 일어난 일이다.

* * *

"하음, 자기야! 어서 와요! 따랑해요!"

우미내 집의 현관문을 열고 들어가니 이리냐가 뛰어와 품에 안긴다. 그런데 술 냄새가 풀풀 난다.

"어? 이리냐, 술 마셨어? 누구랑?"

"누구긴요. 브레즈네프 변호사랑 마시고 와서 저래요."

현수의 재킷을 받으며 지현이 생끗 웃는다. 술 취한 이리냐가 꽤 귀엽게 굴었던 모양이다.

"헤헤, 자갸! 나 오늘 기분 너무 좋다요. 까차 언니랑 많이 마셨쪄요. 헤헤, 헤헤헤!"

"이런!"

주량보다 과음했다. 그래도 귀여워서 웃어주었다.

"그렇게 기분이 좋았어?"

"헤헤, 네! 까차 언니 참 좋아요. 헤헤, 헤헤헤!"

현수는 품에 안긴 이리냐를 번쩍 들었다.

"어머! 벌써 침대로 가려구요? 언니들도 있는데."

영 상황 파악을 못하는 듯하다.

"아니, 여기서 이러지 말고 소파로 가자고."

성큼성큼 걸어 소파로 나가가선 내려놓았다. 그래도 목에 건 팔을 풀지 않는다.

"자갸, 나 기분 좋은데 뽀뽀 한번 해줘요. 응?"

"…그래."

쪼옥~!

입맞춤을 해주는데 연희의 음성이 들린다.

"자기, 저녁식사는요?"

"응. 아직 전이야."

"잘되었네요. 우리도 막 먹으려던 참인데. 가요."

"그래, 잠시만. 슬립!"

"하으음!"

마법이 구현되자 이리냐가 축 늘어진다.

"웬 술을 저렇게 많이 마셨대?"

"같은 러시아 사람이라 마음 풀고 마신 모양이에요."

"그래도 그렇지."

"일단 식사부터 해요."

식탁에 가자 먹음직스런 음식이 그득하다. 또 솜씨를 부린 모양이다.

"설마 이거 다 나 먹으라는 건 아니지?"

"왜 아니겠어요? 우리 둘이 온갖 정성을 다 들인 거니까 하나도 남김없이 꼭꼭 씹어서 드세요. 아셨죠?"

적어도 10인분은 되어 보인다.

"헐!"

"음식 식어요. 어서 드세요."

"그래, 다 같이 먹을 거지?"

"그럼요. 우리도 먹어야 살죠."

지현이 생긋 웃는다. 현수는 두 여인이 계속해서 얹어주는 반찬을 먹어야 했다. 좋은 점은 맛이 좋다는 것이고, 나쁜 점은 배가 불러도 계속 먹어야 한다는 것이다.

"어휴~! 배불러."

"그래도 맛은 있죠?"

"그래. 너무 맛있어서 과식했어. 소화제라도 먹어야 할 판이야. 아무튼 고마워. 날 위해 음식 준비해 줘서."

"어머! 고맙다니요. 무슨 말을 그렇게 해요?"

갑자기 전투적으로 변한 연희를 보곤 '내가 뭘 잘못했나?' 하고 생각했다. 그런데 그럴 거리가 없다. 하여 '대체 내가 뭘?' 이라는 표정을 지었다.

"……!"

"자기는 남편이고 우린 아내예요. 아내가 사랑하는 남편을 위해 음식을 만드는 건 당연한 일이라고요."

"…아, 그런 거야? 알았어. 미안해. 앞으론 안 그럴게."

"네, 앞으로 조심하세요. 대신 벌은 받으셔야 해요."

"벌? 무슨 벌?"

"헤헤, 다 알면서."

생긋 눈웃음치는 연희가 왠지 섹시해 보인다.

"아, 알았어. 그러려면 바이롯을 먹어야 하나?"

슬쩍 운은 던지니 샐쭉한 표정으로 바뀐다.

"쳇! 짐승은 싫어요. 너무 힘들단 말이에요. 히잉!"

"에구, 에구! 알았어. 알았다고. 하하! 하하하!"

현수는 기분 좋은 웃음을 지으며 소파로 갔다. 이리냐는 여전히 잠든 상태이다.

"자기, 커피 마셔요."

"응, 고마워."

"금방 지적을 받고도 또 그래요?"

지현이 내밀던 커피잔을 뒤로 빼며 샐쭉한 표정을 짓는다.

"응? 내가 뭘? 뭘 지적 받았는데?"

"아내한테는 고맙다는 말 하는 거 아니라구요. 당연한 거잖아요. 안 그래요?"

"그, 그래. 그렇군. 알았어. 앞으론 고맙다는 말 안 할게."

"대신 남편으로서 해야 할 당연한 일은 더 열심히 하실 거죠?"

현수는 이건 또 뭔 소린가 싶은 표정을 지었다.

"남편으로서 해야 할 당연한 일?"

"네. 그거 해주셔도 우리도 고맙단 말 안 할 거예요. 아셨죠? 당연히 할 일이니까요."

"그래? 그, 그래, 알았어."

현수는 남편이 해야 할 당연한 일이 뭔지도 모르면서 고개를 끄덕여 주었다. 그러자 연희와 지현이 배시시 웃는다.

"칫! 뭔지도 모르면서 무조건 알았대요. 그죠? 솔직히 고백해 봐요. 모르죠?"

"응? 그, 그래. 잘 몰라. 그게 뭔데?"

"호호! 호호호!"

"깔깔! 깔깔깔깔!"

둘은 자지러지게 웃는다.

"아무튼 커피 마셔요."

지현이 내민 것 받으면서도 둘의 눈치를 살핀다. 남편으로서 당연히 해야 할 일이 뭔가를 생각하면서.

'뭐지? 뭔데 이러지? 흐음, 뭘까? 알 수가 없네.'

현수의 상념을 깬 건 연희이다.

"참! 큰일 났어요."

"큰일? 무슨 큰일?"

"이리냐가 브레즈네프 변호사에게 실수를 했어요."

현수는 잠들어 있는 이리냐를 힐끔 바라보았다.

"실수? 무슨 실수?"

"우리가 부인이라는 걸 들켰어요. 어떻게 해요?"

"뭐?"

화들짝 놀라지 않을 수 없는 일이다. 자칫 소문이라도 번지면 악성 댓글로 몸살을 앓게 될 것이기 때문이다.

"이리냐가 취했을 때 브레즈네프 변호사가 물었대요. 자기야 하고 어떤 관계냐고요."

"그랬더니?"

"자기하고 나도 아내라고 말해 버렸대요."

"끄으응!"

나직한 침음을 내지 않을 수 없는 일이다. 현수는 잠든 이리냐에게 손을 뻗었다.

CHAPTER 07

아리아니가 밤마다 하는 일

"바디 리프레쉬! 큐어 포이즌! 어웨이크!"

샤르르르르릉—!

마나가 이리냐의 체내로 스며든다.

"끄으응!"

"이리냐, 테리나에게 뭐라고 했어? 자기하고 연희도 내 아내라고 했어? 그랬어?"

"네? 그게 무슨……. 어머나! 내, 내가……."

기억이 떠오른 듯 이리냐의 안색이 급격히 창백해진다. 한국 사회가 어떤지 연희에게 들어 잘 알기 때문이다.

한국에선 혼외 자식이 있다는 소문만으로 검찰총장이 자리에서 쫓겨나는 일이 있었다. 그렇기에 절대로 중혼(重婚)했음이 알려져선 안 됨을 수없이 교육받았다.

그런데 불어버렸다. 제 입으로 아주 시원하게!

연희는 현수의 시선을 가리며 이리냐의 어깨를 잡는다. 그리곤 한쪽 눈을 찡긋거리며 입을 연다.

"어휴! 내가 미쳐요, 미쳐! 그렇게 조심하라고 일렀는데."

"미, 미안해요, 언니! 미안해요, 자기야! 내가… 내가 술을 너무 많이 마셔서……. 저 술 끊을게요. 자갸, 용서해 줘요."

"……!"

지현은 뭐라 말할 수 없는 입장인지 잠자코 있다.

현수는 울상인 이리냐를 보고 나직한 한숨을 쉬었다.

"괜찮아. 내가 나중에 테리나를 만나서 잘 타이를게."

"미안해요, 자기."

"괜찮다니까. 그나저나 배 안 고파? 가서 밥 먹어."

"아니에요. 나 같은 건 한 열흘 굶어봐야 정신 차려요. 그러니 굶을게요. 굶게 해주세요."

"……!"

진심으로 반성하는 듯하다. 그렇다고 어찌 굶게 하겠는가!

"밥 안 먹으면 용서 안 해줄 거야. 그러니까 가서 먹고 와. 알았지?"

"정말요? 알았어요. 이리냐, 밥 먹고 올게요."
이리냐는 발딱 일어나 식탁으로 향한다. 현수는 연희에게 시선을 주었다.
"그 자리에 같이 있었어?"
"네. 아무래도 이리냐가 실수할 것 같아 같이 갔어요. 근데 말릴 틈이 없었어요. 미안해요."
"아냐. 연희가 그런 것도 아닌데. 그리고 이참에 정리 좀 해. 아까 나더러 고맙다고 하지 말라 했지?"
"네, 우리가 당연히 할 일을 하는 거니까요."
"그래. 그래서 앞으론 고맙다는 말을 가급적 하지 않을 거야. 대신 당신들도 내게 미안하다는 말 하지 마."
"네?"
지현, 연희 모두 눈이 동그래진다. 이유가 뭐냐는 뜻이다.
"나는 당신들을 사랑하고 당신들도 나를 사랑해. 그렇지?"
"네, 그럼요."
"서로 사랑하는 사이에는 미안하다는 말 하는 거 아냐. 무엇을 하든 상처 주려고 한 게 아닐 테니까. 그치? 사람이니까 실수할 수도 있는 거야. 그러니 미안하다는 말 하지 마."
"…알았어요. 그럴게요."
연희와 지현 모두 고개를 끄덕인다.
"자, 그런 의미에서 한번 안아줄게. 이리 와."

"호호, 네."

왼쪽엔 지현이, 오른쪽엔 연희가 안겨온다. 현수는 기분 좋은 미소를 지으며 둘의 교구를 꼭 안아주었다.

"아아! 행복하다."

"……!"

여인들은 대답 대신 현수의 어깨에 고개를 묻었다. 그렇게 잠시의 시간이 흘렀다.

"이리냐, 밥 다 먹었어요."

"좀 많이 먹지. 요즘 살 빠진 거 같은데. 쉐리엔도 있으니 앞으론 많이 먹어."

"네, 그럴게요."

자신이 끼어들 자기가 없음에 이리냐는 맞은편에 털썩 주저앉는다. 이때 문득 떠오른 생각이 있다.

"이리냐, 뭣 좀 물어봐도 돼?"

"그전에 제가 먼저 물어볼 게 있어요."

"그래? 뭔데?"

"자기 까차 언니에게 애칭을 지어줬어요?"

마침 물으려던 것에 대한 이야기이기에 고개를 끄덕였다.

"맞아! 북한에 출장 갔을 때 까차라는 말이 왠지 이상해서 이름을 줄여서 테리나라고 부르겠다고 했어. 근데 러시아에선 애칭 지어주는 것에 무슨 의미가 있어?"

"당연히 있죠. 제가 예전에 읽었던 어떤 책엔 다음과 같은 구절이 있어요."

이리나는 부전공으로 선택했던 러시아 문학 시간의 과제를 떠올렸다. 고문서를 읽고 그에 대한 소감을 쓰는 것이었다.

그때의 주제가 바로 애칭에 관한 다양한 속설이었다.

자식이 태어나면 좋은 이름을 지어주어라. 그 이름이 아이의 일생을 좌우하게 될 것이다. 따라서 이름을 지어준다는 것은 평생을 보살피겠다는 의미를 가지고 있다.

사내가 여인에게 애칭을 지어줌은 평생을 같이하고 싶다는 의미이다. 다만 둘의 나이 차이가 열 살 이상일 경우엔 후견인이 되겠다는 의미이다.

러시아의 이름은 길다. 그렇기에 이를 줄여 짧은 호칭을 쓰기도 한다. 이를 애칭, 또는 별명이라 한다.

이성이 애칭을 지어주는 것은 사랑을 받아달라는 뜻이다. 이를 받아들이는 것은 결혼을 약속하는 것과 같은 의미이다.

"헐!"

그냥 까차라는 호칭이 이상해서 예카테리나를 줄여 테리

나라 부르겠다는 의미밖에 없었다.

그런데 러시아 사람들은 이를 다르게 받아들인다고 한다.

테리나와는 나이트클럽에 간 적이 있다. 법률자문 역으로 북한에 동행해 주는 대신 한국의 밤 문화를 경험하고 싶은데 보디가드 해줄 사람이 없다고 해서이다.

그때 섹시댄스 경연대회가 있었고, 1등을 하려 진한 키스를 했다. 그때는 아무것도 아닌 일로 무마되었다.

그런 다음에 북한엘 동행했다가 애칭을 지어준 것이다. 그리고 같은 침대를 여러 번 썼다. 목욕할 때 등을 밀어줬고, 본의 아니게 혼탕도 경험했다. 하지만 육체적 접촉은 없었다.

어쨌거나 애칭 지어준 것이 문제될 듯싶다.

하여 이맛살을 찌푸리는데 이리냐는 깎아놓은 사과를 찍어 입에 넣으며 지나가는 말처럼 한마디 한다.

"테리나 언니 시집 안 간대요. 자기가 이름 지어줘서요."

"……!"

지현과 연희의 시선이 확 쏠린다. 어쩔 거냐는 표정이다.

"나는 테리나 언니 좋은데. 지금보다 더 친해졌으면 좋겠어요. 예쁘고 날씬한데다 똑똑해서 배울 것도 많고……."

이리냐는 철없는 아이처럼 마음속 이야기를 주저리주저리 늘어놓는다.

"으으음."

현수는 나직한 침음을 냈다.

그리곤 연희와 지현을 바라보며 고개를 살래살래 흔들었다. 테리나를 받아들일 마음이 없다는 뜻이다.

현수의 눈빛에서 진심을 읽었는지 지현과 연희가 참았던 숨을 몰아쉼이 느껴진다. 괜스레 미안한 기분이 들지만 미안하다는 말은 하지 않았다.

"자, 이제부터 뭐할까?"

"보드게임 해요, 우리. 도둑 잡기 재미있는데."

"나는 부루마블이 좋아요. 그거 해요. 네?"

"그러지 말고 할리갈리 해요."

현수의 한마디에 갑자기 시끄러워진다.

"에구! 차라리 내가 마법을 가르쳐 줄게."

"마법이요?"

모두의 입이 한순간에 닫힌다. 그리곤 아주 초롱초롱한 눈빛으로 현수를 바라본다.

"먼저 마법을 익힐 수 있는 몸인지 확인할 거야. 그러니 가만히 있어야 해. 알았지?"

"네!"

정확히 한목소리를 낸다. 현수는 피식 웃었다.

"마법이 그렇게 배우고 싶었어?"

"그럼요! 마법으로 청소하고 빨래하고 설거지도 하면 얼마나 편하겠어요? 손가락으로 딱 소릴 내면 빨래가 잘 개켜져서 서랍 속에도 들어가구요."

"자기 메리 포핀스[4) 봤구나?"

연희가 얼른 고개를 끄덕인다.

"네. 주영 씨가 DVD 보내줘서 이리냐와 함께 봤어요."

"흠! 마법은 말이지, 그 영화에서 묘사되는 것보다 조금 더 고차원적인 거야. 머리가 나쁘면 배울 수 없는 것이기도 하지. 특히 수학을 잘해야 해."

"으윽! 난 수학 싫은데."

이리냐가 이맛살을 찌푸린다. 수학에 자신이 없기 때문이다. 반면 지현과 연희는 표정 변화가 별로 없다.

둘 다 문과 출신이기는 하지만 딱히 수학을 못하거나 하는 것은 아니기 때문이다.

"한 가지 다행인 점은 내가 당신들 몸을 바꿔줬지?"

"네, 그랬지요."

스위스 융프라우 별장에서 무려 열흘이나 걸린 일이다. 잊고 싶어도 잊을 수 없는 기억이기도 하다. 자신들의 몸에서도 기절할 것 같은 악취가 풍길 수 있음을 깨닫기도 했다.

"그때 이후로 머리가 좋아진 거 같지 않아?"

"어머! 그러고 보니……."

---

4) 메리 포핀스(Mary Poppins) : 마법사 보모 메리 포핀스가 개구쟁이 아이들을 돌보면서 벌어지는 일들을 그린 뮤지컬 영화(1964). 오스트레일리아 출생 영국 작가 P.트래버스의 동화가 원작.

킨샤사의 저택 관리는 연희가 맡았다. 하여 모든 입출금을 관장한다. 그런데 언제부터인가 계산이 빨라졌음을 느꼈다.

하여 계산기를 누르려다 멈춘 경험이 여러 번 있다.

게다가 기억력도 많이 좋아졌다. 이전 같으면 잊었을 일도 생생히 기억하여 스스로 놀라기도 했다.

"그래, 그걸 하면 머리도 좋아져. 그러니 수학 걱정은 하지 마. 알았지?"

"자기야!"

연희는 새삼 감격했다는 표정을 짓는다.

너무 많은 것을 받기만 한다고 느낀 것이다. 지현과 이리냐도 마찬가지 표정을 짓고 있다.

"아무튼 우리 지현이 먼저. 자, 이쪽으로 와서 앉아."

말이 떨어지기 무섭게 맞은편에 자리 잡고 앉는다. 현수는 무표정한 얼굴로 손목을 잡고 마나를 밀어 넣었다.

치료를 하기 위한 목적이 아닌지라 전과 달리 한꺼번에 다량을 투입시킨 것이다.

"으으으, 으으으으!"

마치 전기에 감전이라도 된 듯 부르르 떤다.

'흐음! 이 정도면 괜찮은 건가?'

10서클 마스터이기는 하지만 가르치는 것은 처음이기에 고개를 갸웃거렸다. 마나 감응도가 어느 정도인지 판단되지 않았기 때문이다.

"자, 다음은 연희! 이리 와서 앉아."

"네에."

연희에 이어 이리냐도 지현과 비슷한 반응을 보인다.

'이 정도면 마나 감응도가 좋은 거겠지.'

현수는 짐짓 알았다는 듯 고개를 끄덕이곤 입을 열었다.

"지금부터 마나심법이란 걸 전수해 줄 거야. 이걸 시전하면 처음엔……."

현수는 예전에 본인이 느꼈던 바를 이야기했다. 그리고 어느 누구에게도 전수해 줘서는 안 된다고 했다.

설사 자식이라도 자신의 허락 없이 가르치지 말라고 했다.

이 밖에 지켜야 할 수칙을 알려줬다. 마법사가 된 뒤 자신이 한 약속을 깨면 모든 게 허사라는 것 등이다.

"아공간 오픈! 이실리프 오픈!"

현수의 말이 떨어지기 무섭게 시커먼 공간 속에서 이실리프 마법사가 튀어나와 둥실 떠오른다.

셋은 화들짝 놀라며 물러앉는다.

그러거나 말거나 마나심법 부분을 찾아 내용을 확인한 뒤 구결을 전수하기 시작했다.

지현, 연희, 이리냐는 밤늦도록 마나심법을 배웠지만 아직은 운용할 수 없는 상태이다.

현수는 시간이 날 때마다 마법을 전수하겠다고 하고는 샤워를 했다. 잠시 후 지현, 연희, 이리냐의 순서로 깊은 열락의 바다에 빠져 허우적거렸다.

그러는 동안 아리아니의 활약이 있었다.

하여 리노와 셀다의 몸집이 약간 커졌다. 아직은 겨울인지라 우미내 마을 뒷산엔 눈이 남아 있다.

그리고 아차산은 도시 인근에 위치한 산이다.

그래서 그런지 수목의 생장이 별로이다. 수많은 등산객과 도심으로부터 뿜어지는 매연 등이 원인일 것이다.

그런데 아리아니는 숲의 요정이다.

숲이 숲이라 할 수 없는 상태인 것을 알았으니 가만히 있을 수 없다. 하여 부지런히 사방을 누비고 있다.

깊은 밤이고 아리아니는 평범한 사람들의 눈에는 뜨이지 않는 존재이기에 어느 누구도 모르는 일이다.

가장 먼저 땅의 정령들을 불러냈다. 그리곤 수목의 뿌리가 양분 많은 흙 쪽으로 가도록 조종시켰다.

물의 정령들에겐 모든 수목이 충분한 수분을 취할 수 있도록 지시했다. 하여 한강의 물이 허공으로 치솟아 아차산으로 이동하는 진풍경이 벌어졌다.

하지만 이것을 본 사람은 아무도 없다.

바람의 정령들은 널려 있는 낙엽을 곳곳에 모았고, 불의 정령들은 이것들을 재가 되게 하였다.

연후에 수목의 뿌리 부근 땅속으로 이동되었다. 산성 토양에 알카리성을 부여하려는 것이다.

일련의 일들은 수많은 정령이 튀어나와 한 일이다.

이 일이 이루어지는 동안 현수의 왼쪽 가슴에 스며 있는 켈레모라니의 비늘에서 상당량의 마나가 빠져나갔다.

전체 중 1,000분의 1도 되지 않았지만 우미내 마을을 중심으로 반경 5㎞ 내는 계절이 바뀌면 확연히 달라진다.

면적으로 따지자면 약 50㎢이다.

이곳은 다른 곳에 비해 더 많은 싹이 돋고, 더 울창한 숲이 되며, 더 많은 피톤치드를 뿜어내게 된다.

고사되던 나무들까지 생생하게 살아나 맹렬한 광합성을 일으키며 더 많은 산소를 발생케 한다.

산에 있는 나무들도 해충에 의한 피해를 입는다. 그중 하나가 소나무 재선충이다.

재선충은 0.6~1㎜ 크기에 머리카락 모양의 벌레이다.

소나무가 이 녀석들의 공격을 받으면 수분 공급이 이뤄지지 않아 잎이 시들면서 말라죽게 된다.

이 때문에 '소나무 에이즈'라고도 한다.

이놈들 덕분에 한라산 소나무들이 수없이 베어졌다.

2013년 가을부터 베어진 소나무의 숫자만 22만 7,000그루이다. 따라서 당연히 퇴치시켜야 할 해충이다.

그런데 2013년 10월, 농촌진흥청은 벼에 살충성 유전자를 도입한 '벼 물바구미 저항성 벼'를 개발했다고 밝혔다.

농약과 같은 살충제를 사용하지 않아도 스스로 해충을 쫓는 벼 품종이 개발됐다는 뜻이다.

사람에게 면역력이 있듯 나무에게도 해충으로부터 스스로를 지킬 힘이 있다. 다만 그것을 잊고 있을 뿐이다.

아리아니는 아차산 숲 속 나무들의 그것을 일깨웠다. 해충으로부터 안전한 숲이 되도록 한 것이다.

이날 이후 아리아니는 현수의 행동반경으로부터 5㎞ 이내의 모든 숲에서 같은 행위를 반복한다.

덕분에 남산, 북한산, 관악산, 도봉산, 불암산, 북악산, 인왕산, 용마산, 대모산, 남한산 등의 숲은 더욱 우거진다.

나중에 이 일을 알게 된 현수는 이동할 때에 가급적 산 근처로 간다. 그 결과 서울의 모든 산은 해충으로부터 피해를 입지 않는 곳이 된다.

콩고민주공화국, 에티오피아 우간다, 케냐, 몽골, 러시아를 방문할 때에도 반드시 이실리프 농장을 방문한다.

재배하고 있는 작물을 해충으로부터 보호하고 인근 숲을 더욱 푸르게 하기 위함이다.

"흐으음! 상쾌하군."

지현과 연희, 그리고 이리냐는 지쳐서 곯아떨어졌다. 하지만 현수는 여전히 쌩쌩하다.

여명이 밝을 즈음 마당으로 나왔다. 폐부 깊숙한 곳까지 시원하게 하는 공기로 심호흡을 했다.

"흐으음! 좋기는 한데 탁하네."

아르센의 청정한 공기 맛을 보았으니 서울의 공기가 어찌 마음에 들겠는가!

문을 열고 리노와 셀다를 데리고 나섰다. 아차산을 한 바퀴 뛰어볼 생각이다. 산악 구보인 셈이다.

출발하기 전 약 10㎞짜리 코스를 확인했다.

아리아니가 말하길 리노와 셀다는 달리는 능력이 비약적으로 좋아졌을 것이라 했다. 하여 보통 사람 같으면 몇 시간 걸릴 길이지만 30분 이내에 다녀올 생각이다.

밖으로 나가자 경호원들이 다가선다.

아침 운동을 할 거라면서 리노와 셀다를 가리키자 두말없이 물러선다. 늑대라는 걸 아는 모양이다.

"자, 이제 한번 가볼까? 출발!"

점점 속도를 높여가며 숲길을 누볐다. 리노와 셀다가 신난다는 듯 쫓아온다. 아리아니의 말대로 이전보다 훨씬 빨라지고 지구력도 좋아진 듯 처지지 않는다.

기분 좋은 새벽 달리기를 마친 건 약 30분 후이다. 애초의 목표대로 산악 구보 10km를 30분 만에 주파한 것이다.

땀도 흘리지 않았기에 경호원들은 인근 산책로를 한 바퀴 돌고 온 것으로 아는 모양이다.

"자, 다 왔네. 들어가자."

문을 열고 들어서려는데 리노가 신문을 물어다 준다.

"하하! 녀석. 그래, 고맙다."

컹, 컹—!

동네 개들이 짖는 소리를 듣고 흉내 내는 듯하다.

"그래, 잘했다, 잘했어."

동네 사람들이 늑대인 걸 알면 문제가 되기에 늘 가둬뒀다. 그런데 개처럼 짖으면 그럴 필요가 없기에 웃은 것이다.

[혹시라도 밖에 나갔을 때 사람들이나 개를 공격하면 안 된다. 알았지?]

의지에 마나를 실어 보내자 알았다는 듯 꼬리를 흔든다.

[그래, 이제 좀 쉬어라. 고기는 조금 있다 줄게.]

컹, 컹—!

두 녀석을 뒤로하고 안으로 들어갔다.

세 여인은 여전히 꿈나라를 헤매는 모양이다. 커피 한 잔을 만들어 소파에 앉았다. 그리고 신문을 펼쳤다.

비상, 비상! 금값이 폭등하고 있다.

1면 머리기사의 굵은 제호이다.

내용을 보니 국제 금값이 미친 듯이 오르고 있다.

미국이 양적완화정책에 대한 출구전략을 채택했고, 일본이 야심차게 추진한 아베노믹스는 실패 쪽으로 평가되면서 벌어지는 현상이라는 해설이 붙어 있다.

현재 미국, 일본, 지나, 영국 등이 경쟁적으로 금을 사들이면서 폭등에 폭등을 거듭하기에 비상이라고 한다.

한국은행장이 금괴를 사들였을 때 금값이 떨어지는 중이라면서 신랄하게 까던 언론들이다. 그런데 이번엔 선견지명이 있는 처사였다며 찬사를 던지고 있다.

국제 금시세의 최고점은 온스(oz)당 1,913.5달러였던 2011년 8월 23일이다. 참고로 1온스는 약 28.34g이다.

따라서 1톤은 약 3만 5,274온스이다. 황금 1톤이 6,749만 6,800달러(약 810억 원) 정도에 거래된 것이다.

그러니 금괴 100톤의 가격은 약 67억 5천만 달러였다.

한국은행은 현수로부터 금괴를 매입할 때 100톤에 45억 달러를 지급했다. 최고점일 때의 3분의 2 가격이다.

그런데 며칠 사이에 금값이 급등하여 현재는 100톤에 50억 달러에 거래되고 있다.

한국은행은 현수로부터 금괴 200톤을 들여왔다.

앉은 자리에서 10억 달러(1조 2천억 원)를 번 셈이니 찬사를 던지지 않을 수 없는 것이다.

피식 웃고는 국제면을 살폈다.

러시아 정부, 이실리프 그룹에 100년간 10만㎢ 조차!

이것 역시 대서특필되어 있다.

실카강과 아르곤강 사이 보르자와 네르친스크 지역 10만㎢를 이실리프 그룹에 100년간 치외법권 지역으로 조차한다는 기사가 실려 있다.

기사엔 이 지역에 대한 상세한 설명이 붙어 있다.

가장 먼저 10만㎢가 남한의 전체 면적 99,720㎢보다 넓다고 되어 있다. 규모를 확인시킨 것이다.

그리고 위치에 대한 설명이 있다.

한국 사람들 중에는 러시아에 시베리아 벌판만 있는 것으로 오해하는 이들이 많기 때문일 것이다.

북위 50° 지역은 유럽의 곡창지대인 우크라이나, 폴란드, 체코와 같은 위도이며, 미국의 시애틀과 캐나다 밴쿠버 사이 지역과 같다는 설명이다.

이곳에서 재배 가능한 작물은 밀, 보리, 옥수수 등이라면서 온갖 내용을 다 써놓았다.

작물을 재배했을 때 예상 수확량과 투입될 인원 등에 관한 잡다한 것들이다.

"으이그! 조금 있으면 기자들이 들이닥치겠군."

나직이 투덜거리며 나머지를 살폈다.

위대한 경세가 블라디미르 푸틴!

러시아의 언론도 푸틴 대통령과 메드베데프 총리에게 찬사를 던지고 있다.

위대한 경세가[5]라는 표현이 그를 반증한다.

최근에 매입한 금괴 400톤 때문이다. 그쪽도 앉아서 20억 달러를 번 것이다.

며칠 전 러시아 정부는 의회에 '이실리프 자치구 조차에 관한 특별법안'을 상정시킨 바 있다.

현재 개발되지 않은 실카강 인근 지역 토지를 이실리프 그룹에 100년간 치외법권 지역으로 조차한다는 내용이다.

그 대가로 매년 50톤씩 10년 동안 총 500톤을 받는다는 법안이다.

100년 후에 지상권을 포함하여 모두를 돌려받는 조건임에

5) 경세가(經世家) : 세상을 다스려 나가는 사람.

도 처음엔 찬반양론이 비등했다.

당연히 여당은 찬성이고 야당은 반대였다.

그런데 이실리프 자치구에서 러시아 국민을 직원으로 고용한다는 소문이 번지면서 야당도 찬성 쪽으로 돌아섰다.

러시아의 실업률은 많이 개선되었음에도 5.4%이다. 500만 명 이상이 직업이 없는 실업자로 지내는 중이다.

그런데 이실리프 자치령의 크기는 10만㎢ 정도 된다.

대한민국 영토보다도 크다. 러시아 정부는 이곳에 취업할 인력을 300만~500만으로 예상했다.

일이 성사되기만 하면 실업률 0인 세상이 온다.

야당으로선 반대하고 싶어도 반대할 수 없는 숫자이다. 그렇기에 전폭적으로 지지 선언을 하고 나선 것이다.

결국 법안은 반대표 0으로 통과되었다. 그 결과가 현재 신문기사로 보도된 것이다.

"결국 하긴 하겠군. 쩝! 근데 기자들은 귀찮은데. 그나저나 계약금으로 금괴 50톤을 준비해야 하는구나."

천지약품 에티오피아에도 진출.

러시아 기사에 이어 눈에 들어오는 제목이다.

킨샤사에서 성공한 천지약품이 에티오피아의 수도 아디스

아바바에도 안착한다는 내용이다.

그러면서 킨샤사에서 어떻게 성공했는지에 관한 내용이 나열되어 있다. 무료 급식소 운영 이야긴 당연히 나와 있다.

"이 본부장님도 기자들 등살에 시달리겠군. 크크크!"

천지약품 덕에 한국산 약품의 신뢰도가 높아져 값은 싼 대신 저질인 지나산 약품이 아프리카 대륙에서 모조리 밀려나고 있다는 내용도 있다.

"흐음, 이건 좋은 일이지. 아암!"

고개를 끄덕이며 흐뭇하다는 표정이다.

신문을 뒤적여 정치면을 펼쳤다.

CHAPTER 08
아내들과 단란한 한때

홍진표 의원 후원회, 테러 작렬!

무소속으로 보궐선거에 출마하여 압도적인 표 차로 국회에 입성한 홍진표 의원이 후원회를 결성했다.

언론에선 마침내 결심을 굳혔다는 표현을 썼다. 차기 대권에 도전하기 위한 시동을 건 것으로 인식한 것이다.

이에 대해 여당과 야당 모두 상당히 경계하고 있다는 내용이다. 왜 그런가 하여 살펴보니 홍 의원의 인지도 및 지지도가 높아지는 것을 경계하는 것이다.

여당은 차기 대권을 빼앗길 것을 우려하고 있고, 야당은 지지자들이 썰물처럼 빠져나가 홍진표 의원에게 쏠리고 있다면서 비명을 지르는 것이다.

"짜식들, 그러게 잘하지. 니들이 잘했으면 홍 의원님은 아직도 학교에 계셨을 거다."

팩트는 홍 의원이 만든 후원회 홈페이지가 디도스 공격[6]으로 계속 다운되고 있다는 것이다. 이에 홍 의원 측이 경찰에 수사를 의뢰하였지만 범인을 찾지 못하고 있다.

국민들은 여당, 혹은 야당의 단독, 또는 합작일 수 있다면서 정치권 전체를 싸잡아 성토하고 있다.

현수는 정치인들의 행태가 눈꼴시어 얼른 신문을 넘겼다.

아베, 또 독도 도발!

아베 신조 일본 수상은 내각에 영토기조실이란 걸 신설한 바 있다.

이곳에서 주관한 독도에 관한 인지도 조사 결과 일본 국민의 97%가 독도를 알고 있다고 대답했다.

또한 독도를 일본의 영토라 생각하는 국민이 69%에 이른다는 내용이다.

---

6) 디도스(DDoS) 공격 : 네트워크에서 분산 서비스 거부(Distribute Denial of Service)를 못하도록 하는 일. 서버나 네트워크 대역이 감당할 수 없는 많은 양의 트래픽을 순간적으로 일으켜 서버를 마비시키면 일반 사용자들의 사이트 접근 및 사용이 차단된다.

기사의 옆에는 731이란 숫자가 쓰인 자위대 훈련기에 탑승하여 엄지손가락을 세우고 있는 아베의 사진이 있다.

"네가 죽을 짓을 하고 있지. 기다려라. 조만간 아주 깡그리 작살을 내줄 테니까. 하여간 쪽발이들은. 에이!"

상쾌했던 기분이 확 상하는 느낌이라 신문을 접었다.

이때 문이 열리고 지현이 나온다.

"하아암! 자기 벌써 일어났어요?"

"그래, 지현이도 잘 잤어?"

"네. 피곤했지만 잘 잤어요."

"아직도 피곤하면 내가 좀 풀어줄까?"

"정말요?"

지현은 무엇을 기대하는지 눈을 반짝 뜬다.

"바디 리프레쉬!"

샤르르르릉―!

자고 일어났지만 찌뿌드드하던 몸이 확실히 개운해짐이 느껴진다. 하지만 지현은 투덜거린다.

"칫! 이거요? 난 또……."

"왜? 뭘 바랐는데? 이런 거?"

가까이 다가가 안아주자 기다렸다는 듯 포옹한다.

"네, 이런 거요."

"후후! 조금 더 자지 왜 나왔어?"

"그러게요. 근데 저절로 눈이 떠져요."

현수가 준 반지를 낀 이후 몸에 쌓이는 피로의 양이 확연히 줄어들었다. 하여 수면시간이 조금씩 짧아지는 중이다.

세월이 더 흐르면 아무리 격렬한 운동을 하더라도 하루에 4시간 수면만으로도 모든 피로가 사라질 것이다.

"커피 줄까?"

"네."

현수가 커피를 만들어왔을 때 지현은 창가에 서 있다.

"정원의 나무가 커진 것처럼 보여요. 겨울이니 자라지는 않을 텐데 밑동도 굵어진 거 같고 키도 커 보여요."

"그래?"

[아리아니, 이런 일을 할 때는 내게 이야기 했어야지. 자라게 하는 건 좋은데 조금 천천히. 알았지?]

[네, 주인님. 조심할게요. 근데 나 당근주스랑 식혜 먹고 싶어요.]

[조금 있다 줄게. 조금만 기다려.]

[알았어요. 기다릴게요.]

아리아니와 대화를 주고받는데 눈이 내리기 시작한다.

"어머! 눈이 와요!"

눈송이가 제법 굵은 걸 보니 펑펑 쏟아질 모양이다. 이런 생각을 하자마자 내리는 눈의 양이 확연히 늘어난다.

"가서 동생들 깨울게요."

지현이 방으로 들어간 사이 현수는 화장실로 향했다.

"아공간 오픈!"

"헤헷! 주인님."

아공간이 열림과 동시에 아리아니의 아찔한 나체가 드러난다. 마땅히 눈 둘 곳이 없어 변기를 바라보며 당근주스와 식혜를 꺼내주었다.

딱—! 딱—!

차례로 뚜껑을 따서 주니 벌컥벌컥 잘도 마신다.

"이건 진짜 맛있어요. 헤헤!"

입술에 묻은 마지막 방울까지 쪽 핥아 먹고는 하는 말이다. 너무도 아찔한 모습이다.

'이건 너무 섹시하잖아! 어휴! 앞으로 어쩌지?'

아리아니가 식혜나 당근주스를 먹을 땐 170㎝짜리 발가벗은 여인의 모습이 된다. 하여 매번 이러면 어쩌나 하는 생각을 할 때 노크 소리가 들린다.

"자기, 아직 멀었어요?"

"응? 아, 아니. 금방 나가."

얼른 문을 열고 나서니 연희가 서 있다. 소변이 급했는지 나가자마자 뛰어 들어간다.

잠시 후, 셋이 모였다. 모두들 섹시한 슬립만 걸치고 있다.

항온마법진 덕분에 실내 기온이 일정하니 이렇게 입고도 춥지 않은 것이다.

"아침에 내리는 눈을 보면서 마시는 커피 좋지?"

"네, 그럼요. 자기야가 만들어줄 거죠?"

"당연하지. 조금만 기다려."

잠시 후 넷은 펑펑 내리는 눈을 보고 있다.

"그나저나 오늘은 토요일인데 하루 종일 뭐하죠? 집에만 있을 거예요?"

"글쎄, 눈이 저렇게 오니 운전하는 게 쉽지만은 않겠어."

"자기야, 전에 양평에 짓는 집 구경시켜 준다고 했잖아요. 오늘 거기 가면 안 돼요?"

지현의 말에 연희와 이리냐가 동시에 고개를 끄덕인다.

앞으로 살게 될 집이다. 얼마나 지어졌는지, 어떤 모양인지 궁금한 모양이다.

"아, 그랬지? 그래, 그럼 오늘은 거길 가자. 아침은 먹고 출발해야지?"

"그럼요. 배 되게 고파요. 밤새도록 자기한테 시달려서 배가 쏙 꺼졌어요."

"나도. 근데 자기 어제 바이롯 먹은 거예요?"

지현이 의심스럽다는 표정이다.

"아니. 내가 그걸 왜 먹어? 안 먹었어."

"진짜요?"

연희가 다짐하듯 묻는다.

"그럼. 내가 이 나이에, 이 체력에 그걸 왜 먹어? 안 먹었다고 맹세도 할 수 있어."

"칫! 짐승 맞네. 나는 어제 죽을 뻔했는데. 이젠 자기야가 무서워요. 짐승인 거 같아서."

이리냐의 말이다. 혹시라도 달려들까 겁난다는 듯 이마를 찌푸리고 있다.

"하하! 하하하!"

현수는 짐짓 너털웃음을 터뜨렸다.

잠시 후, 일가족 넷은 화기애애한 분위기 속에서 아침 식사를 마쳤다. 같이 요리하고, 같이 먹고, 같이 설거지를 했다.

점점 더 정이 깊어지는 것 같아 시선이 마주칠 때마다 모두가 화사한 미소를 지어주어 기분이 좋았다.

"자! 출발!"

노란색 스피드가 주차장을 벗어나니 경호 차량이 대열을 이룬다. 양평으로 갈 것이라고 행선지를 알렸기에 지금부터는 알아서 길을 찾아줄 것이다.

우미내에선 양평으로 가는 도로가 뚫려 있기에 시간은 많이 걸리지 않았다.

"우와! 여기가……! 어머, 저건 뭐예요?"

현장에 당도한 연희가 짐짓 호들갑을 떤다. 2만여 평에 달하는 대지 위에는 커다란 저택들이 건설되는 중이다.

본관인 듯싶은 건물은 유럽 쪽 디자인으로 지어지고 있다.

"어서 오십시오, 부사장님. 현장소장 홍진식입니다."

미리 연락했기에 기다리고 있었는지 금방 튀어나온다.

"눈이 와서 오늘은 일 안 하나 보네요."

"네, 그렇습니다. 안전사고 때문에 비가 오거나 눈이 오는 날엔 작업을 하지 않습니다."

"현장을 둘러보고 싶은데 설명해 줄 수 있죠?"

"아이고, 그럼요! 자, 절 따라오십시오."

현장사무실에 들어가 모두가 안전모를 착용했다. 그리곤 현장소장의 안내를 받으며 곳곳을 돌아보았다. 그러는 동안 상세한 설명을 들었다. 다음이 그 내용이다.

구분	바닥면적	연면적	층 수
대지 면적		21.079평	
본 관	750평	2,000평	지하 1, 지상 3층
빈 관	200평	800평	지하 1, 지상 4층
부모님 댁	100평	150평	2층
장인 댁	100평	150평	2층
사용인숙소	200평	1,200평	지하 1, 지상 6층

다른 것은 이전에 계획한 것과 일치하나 경호원들에게 제공할 주거는 약간 변경되었다.

저택을 중심으로 9개 방위로 나뉘어 각기 4가구씩 살도록 지어지고 있다. 러시아에서 온 36명의 경호원과 그 가족에게 할당될 집들이다.

3층짜리 빌라로 가구당 60평이다.

각 건물의 1층은 체력 단련을 위한 헬스시설과 아이들의 놀이방, 그리고 여자들을 위한 공간이 추가되어 있다.

현재 전체 공정 가운데 85%가 진행된 상태로써 앞으로 30일 내에 입주하는 것이 목표이다. 사용된 자재는 최고급이며, 온갖 가전제품이 빌트인 되어 있다.

현장소장의 설명을 들으며 여인들은 고개를 끄덕인다.

미장공사[7]가 끝나고 수장공사[8]가 진행 중인 곳을 유심히 들여다본다. 어떤 용도로 쓰이는지 짐작되기 때문이다.

본관의 경우 지하1층, 지상 3층으로 지어진다.

약간 경사진 곳에 지어지기에 지하층은 접근 방법에 따라 1층으로 분류될 수도 있다.

이곳에는 국제 규격의 실내수영장이 들어선다. 이 밖에 체력단련장, 주차장, 창고, 사용인 휴게소 등으로 쓰인다.

1층은 식사, 접객, 휴식 등을 위한 공간이다.

---

7) 미장공사 : 시멘트를 물 또는 역청 재료와 혼합하여 벽체 또는 바닥면 골조 공사 후 덧방 또는 곱게 바르는 작업(내부, 외부 작업).

8) 수장공사 : 벽지, 삼각면목 등 공사의 마지막인 인테리어 전반의 마감 공사(내부에서만 작업).

하여 큼지막한 주방과 식당 등이 만들어지는 중이다. 잘 꾸며진 오디토리엄(Auditorium)도 있다.

접객을 위한 공간 이외에 커다란 휴식 공간도 있다.

2층엔 현수의 방과 도서실 등이 준비되는 중이다.

3층은 아내들을 위한 공간이다. 바닥 면적만 600평이니 공간은 넉넉하다.

현장을 나오면서 금일봉을 주었다. 현장에서 고생하는 사람들에게 전체 회식을 하라며 준 것이다.

현수가 떠난 뒤 봉투를 열어본 홍진식은 그 금액에 놀라지 않을 수 없다. 현장 식구 전체가 횡성한우를 배가 터지도록 먹어도 남을 금액이 담겨 있었기 때문이다.

"어때, 괜찮아 보였지?"

"네, 디자인도 그렇고 공간 활용도 신경을 많이 쓴 멋진 설계인 거 같아요."

지현이 말했지만 현수는 연희를 바라보았다.

"비서실 조인경 대리 알지?"

"조 대리님이요? 그럼요. 저와 더불어 천지건설 양대 미녀 중 하나잖아요."

내가 왕년에 한 따까리 했다는 듯 의기양양한 표정이다.

"내가 아는 형 중에 한창호라는 건축사가 있어."

"알아요. 양평 저택 설계하신 분이잖아요."

"그래, 그 형이 조 대리랑 결혼한대."

"어머! 정말요?"

연희가 깜짝 놀랐다는 표정을 지으며 말을 잇는다.

"조 대리님 되게 깐깐하다는데. 집안도 좋고 그래서."

"창호 형네 집안도 괜찮아. 무엇보다도 그 형 인간성이 좋지. 실력도 있고, 인간성도 좋고, 집안도 좋고, 학벌도 좋아. 돈만 없었는데 이젠 그것도 아니니까 괜찮지."

"잘되었네요. 근데 언제 결혼한대요?"

"조금 전에 문자 왔는데, 5월 5일에 한다고 하네."

현장에서 출발하려 할 때 현수의 휴대폰이 부르르 떤다. 뭔가 싶어 보니 한창호가 보낸 문자 메시지가 있다.

현수야, 기뻐해라!

이 형님, 드디어 장가가신다.

돌아오는 5월 5일은 나를 위한 날이다.

신부가 누군지 알지?

나와라. 양복 한 벌 해주마!

♥♥♥ 만쉐이~! ♥♥♥

이 문자를 보고 기분이 매우 좋았다. 아주 잘 어울리는 부부가 탄생하는 데 일조했기 때문이다.
"어린이날이네요."
"그러게요. 그 부부는 좋겠어요."
"응? 뭐가?"
"결혼기념일이 어린이날이니 평생 쉬잖아요."
지현의 말이다.
"그럼 우린 안 그런 거야? 형은 우리나라 밖으로 나가면 꽝인데 우린 크리스마스이니 세계 어딜 가든 쉬잖아."
"아, 그렇구나."
성당에서 올린 결혼식이 크리스마스이브라 그날을 생각한 듯하다.
"여기까지 나왔는데 설마 집으로 그냥 가는 건 아니죠?"
"맞아요. 오다 보니까 괜찮아 보이는 카페 많던데."
연희와 이리냐가 합동 공격에 나선다. 어찌 배겨내겠는가!
얌전히 라이브 카페 앞에 차를 세웠다.
딸랑—!
문을 여니 맑은 종소리가 울린다. 그와 동시에 안쪽에 있던 카페 여주인이 반색하며 나선다.
"어머! 어서 오세요."
"영업하시죠?"
"그럼요! 아직 시간이 안 돼서 손님이 없는 거예요. 근데 아가씨들이 너무나 예쁘시다. 탤런트세요? 아님 배우?"
"아뇨, 아니에요."
"아하! 모델이시구나. 여기 이 아가씨는 어디에서 봤는데……. 아, 맞아. 이실리프 항온 의류, 그거 모델이죠?"
"네? 아, 네."
"아! 남자 분도 모델이시죠? 아주 잘생기셨네요. 어디 촬영 갔다 오시나 보죠?"
여주인이 재잘거리며 자리를 안내한다.
눈 내리는 바깥 풍경도 잘 보이면서 비교적 안쪽이라 아늑한 분위기가 연출되는 곳이다.
"뭐로 준비할까요?"
"으음, 뭐 할 거야?"
현수가 메뉴판을 내밀자 모두들 시선을 모은다.
"나는 새우 필라프하고 고르곤졸라 피자 주세요. 그리고 생딸기 주스도 주세요."
"저는 찹스테이크하고 파인애플 주스요."
"흐음, 나는… 일단 크림 파스타만 주세요. 물하고요."
"저도 찹스테이크 주세요. 참, 와인 할래?"
현수의 물음에 세 여인의 고개가 동시에 끄덕여진다.
"좋죠! 오늘 같은 날은 한잔 쭉 마셔줘야 해요. 그죠?"
연희의 말에 대꾸한 사람은 여주인이다.

"아이고, 그럼요! 오늘 같은 날 안 마시면 언제 마시겠어요? 분위기 좋게 눈도 오는데. 마침 괜찮은 와인 들여온 거 있어요. 어머!"

여주인이 접대용 미소를 지으며 와인 페이지를 펼치려는데 문이 열리면서 검은 양복차림 사내들이 우르르 들어온다.

경호원들이다. 그런데 덩치가 커서 그런지 조폭으로 오해한 듯 여주인의 안색이 창백해진다.

"어, 어서 오세요. 자, 잠깐만요, 손님."

조폭들은 조금만 늦게 응대해도 개판을 치곤 한다. 하여 얼른 양해를 구하고 자리를 안내하러 간다.

"조폭인 줄 알았나 봐요."

"후후, 그러게. 조금 억울하겠네."

"그쵸? 조폭인 걸로 아신 게 분명해요."

지현은 조폭을 겁내지 않는다. 서울중앙지검에 있으면서 잡혀오는 녀석들을 수없이 본 까닭이다.

"그러게. 아무튼 기왕에 들어온 거니까 와인도 마셔. 먹고 싶은 거 있으면 마음껏 먹고."

"호호! 네. 그렇지 않아도 그럴 생각이에요."

지현이 아주 예쁜 미소를 지으며 눈웃음친다.

결혼한 후 부쩍 섹시해진 느낌이다. 하여 와락 안아주고 싶은 걸 억지로 참았다.

“아이고, 죄송합니다. 갑자기 손님들이 오셔서.”

“이렇게 죄송해하지 않으셔도 되요. 그 사람들 우리 일행이니까요.”

“네? 그럼…….”

“우리 경호원들이에요.”

“아! 그래서 덩치들이 크셨구나. 근데 웬 경호원들이 저렇게 많아요?”

국정원 4명, 해군 4명, 공군 4명, 육군 4명, 스페츠나츠 4명, 토탈가드 4명이다. 합계 24명이나 된다.

웬만한 사람은 이만한 수의 경호원을 데리고 다닐 수가 없다. 많은 비용이 들기 때문이다.

여주인은 고개를 갸웃거린다. 이리냐가 모델인 것까지는 알았는데 대체 신분이 뭐기에 이러나 싶은 것이다.

“우린 이거로 주세요.”

현수가 짚은 건 이 카페에서 가장 비싼 것이다. 모처럼 아내들과의 외출이다. 기분 좋게 쏘려는 것이다.

“네, 알겠습니다. 금방 준비해 드리죠.”

여주인은 기분이 좋다. 손님이 하나도 없었는데 갑자기 28명이나 들어왔다.

여자 셋과 남자 하나가 있는 테이블의 매상도 쏠쏠하지만 24명의 경호원들이 있는 테이블 쪽 매상이 훨씬 높다.

덩치가 커서인지 혼자서 세 가지를 주문하는 사람도 있고, 가장 비싼 찹스테이크를 2인분이나 주문한 사람도 꽤 된다.

특히 백인 네 명은 고르곤졸라 피자, 찹스테이크, 새우 필라프를 모두 곱빼기로 주문했다.

수고가 많았기에 무엇이든 마음껏 먹고 마시라고 했기에 부담 없이 주문한 것이다.

어쨌든 이 가게 하루 매상을 한 번에 올리는 순간이다.

음식을 다 먹고 나면 디저트까지 주문하게 될 것이다.

당연히 콧노래가 절로 나온다. 하여 주방에 주문을 넣고 현수가 있는 테이블을 바라보았다.

절세미녀 셋에 둘러싸인 훈남. 많이 본 얼굴이다.

그런데 갑자기 생각이 나지 않는다. 하여 고개를 갸웃거리는데 오라는 듯 손짓한다.

"네, 손님!"

"저기 저 피아노, 우리가 써도 돼요?"

"아이고, 그럼요! 당연히 쓰셔도 됩니다."

얼른 쓰라는 듯 손짓하니 넷 모두 일어선다. 얼굴들이 예뻐서 그런지 몸에서 풍기는 냄새 또한 향기롭다.

"에고, 잘 못 치는데… 괜히 얘기했나 봐요."

시선이 집중되자 지현이 부끄러운 듯 얼버무린다.

"괜찮아. 우리뿐인 걸 뭐. 근데 뭘 연주할 거야?"

"눈도 오고 하니 영화 러브스토리에 나왔던 스노우 플로릭(Snow Frolic) 연주할게요."

"아, 좋지."

"자, 그럼 연주할 테니 귀 기울여 봐요. 건반을 잘못 눌러도 그건 제가 그런 게 아니랍니다. 아셨죠?"

"하하, 그래. 어서 해봐."

♬♪~ ♪ ♪~♬♬~ ♪♪~

지현이 연주하는 피아노 음이 카페 내부에 울려 퍼지자 창밖을 보고 있던 경호원들까지 시선을 돌린다.

잠시 연주를 듣고 있던 현수가 입을 연다.

"우우~ 우우우~ 우우~! 우우~ 우우우~ 우~우! 우우~"

영화 러브스토리의 두 테마 중 하나가 연주되자 모두들 귀 기울인다. 제대로 된 연주에 잘 어울리는 하울링이 아늑하면서도 로맨틱한 분위기를 연출한다.

이윽고 모든 연주가 끝났다.

"우와~! 브라비[9]! 브라비!"

짝, 짝, 짝짝, 짝짝, 짝짝짝!

"앙코르(Encore)! 앙코르! 와아아~!"

경호원들이 열화와 같은 박수를 보내며 소리를 지르자 지

9) 브라비(Bravi) : 복수의 연주자가 연주를 마친 후 던지는 찬사. 남자 연주자에게는 브라보(Bravo), 여자 연주자에겐 브라바(Brava)라 한다.

현은 부끄러운 듯 고개를 숙인다.

"나도 앙코르! 하나 더 해봐."

"그래요, 언니! 정말 멋졌어요. 하나 더 해요."

연희가 환히 웃으며 고개를 끄덕인다. 이에 못 이겠다는 듯 지현 역시 고개를 끄덕인다.

"그럼… 우리 모두 아는 곡을 연주할게요."

"그래. 근데 곡명은?"

"들어보시면 알아요."

♬♪~ ♬♪~♬♪~ ♬♬♪~♩~♪~

"어머, 이곡은……."

"호호! 언니, 이거 언니 주제가잖아요."

지현이 연주한 곡은 현수가 작곡하여 현재 전 세계 음원 사이트 1위를 석권하고 있는 '지현에게' 이다.

지현이 곡을 연주하자 연희와 이리냐가 합창을 한다. 연희는 제법 잘 부르는데 이리냐는 연습이 필요할 듯하다.

노래가 중반을 넘어서자 경호원들도 흥얼거리며 따라 부른다. 들으면 들을수록 기분 좋아지는 곡인지라 우락부락한 사내들도 아는 것이다.

주문한 음식을 서빙하던 여주인은 연주하는 지현과 현수를 번갈아본다. 그러다 문득 알았다는 듯 눈을 크게 뜬다.

한국에서 가장 유명한 남자와 그의 아내, 그리고 일행이 이

가게에 온 것이다.

들고 있던 접시를 내려놓은 주인은 후다닥 카운터로 가더니 캠코더를 들고 나왔다. 그리곤 지현의 연주와 현수의 표정을 녹화했다.

"와아아아! 앙코르! 앙코르!"

짝, 짝짝, 짜짜짝, 짝짝짝!

카페가 떠나갈 듯한 환호성이 터진다.

훌륭한 연주에 아름다운 노래가 곁들여진 때문이다. 하지만 더 이상의 앙코르는 없었다.

카페 여주인의 한마디 때문이다.

"손님, 주문하신 음식 나왔습니다."

테이블로 돌아와 행복한 미소를 지으며 와인을 곁들인 음식을 먹고 디저트까지 즐겼다. 그러는 내내 양평의 이름 모를 야산이 체질 개선되고 있었다.

아리아니가 또 나선 것이다. 어차피 인적이 끊긴 곳이기에 정령들의 작업을 방해하는 것은 없었다.

'아리아니가 또 뭘 하고 있나?'

전에는 몰랐지만 이제는 켈레모라니의 비늘에서 마나가 빠져나가는 현상이 느껴진다.

그렇기에 고개를 갸웃하곤 단란한 한때를 즐겼다.

경호원 가운데 하나가 귀갓길 운전을 맡겠다고 왔지만 현수는 전혀 취한 상태가 아니다. 즐겁게 마시고 큐어 포이즌 마법으로 알코올을 분해시켜 버린 때문이다.

그래도 음주했다며 말리자 카페 여주인이 혈중알코올농도 측정기를 가져왔다. 측정 결과 0이 나오자 고개를 갸웃거린다. 마시는 것을 보았기 때문이다.

기분 좋게 집으로 왔다. 그런데 우미내 마을 입구부터 못 보던 차들이 빼곡하다.

러시아 발 기사를 보고 온 기자들이 틀림없다. 그 즉시 핸들을 틀어 서초동으로 향했다. 지현의 친정으로 간 것이다.

그런데 안준환 옹이 계시다고 한다. 할아버지께선 현수의 아내가 셋이라는 사실을 모른다. 그렇기에 다시 나와야 했다.

넷의 다음 행선지는 극장이다. 영화 한 편을 보곤 귀가했다. 기다리다 지친 기자들은 다 가고 없었다.

"이거야 원……."

따라다니는 경호원들의 시선이 있기에 텔레포트로 귀가할 수 없었다.

'흐음, 이럴 경우를 대비한 집 한 채쯤 따로 장만해 놓아야 하나? 쩝! 귀찮군.'

귀가 후 모두가 샤워를 했다. 그리곤 어제에 이어 마나심법을 전수했다. 바디체인지 과정에서 두뇌가 좋아지기는 했지만 마법은 여전히 난해하다.

그렇기에 수많은 질문이 오가는 시간이었다.

늦은 밤이 되자 불을 끄고 2세 만드는 작업을 시작했다. 열도 나고 땀도 나는 작업이다. 그래도 열심히 했다.

열심히 공부해야 좋은 성적을 거두지 않겠는가!

그 결과 오늘도 모두가 지쳐서 곯아떨어졌다. 물론 현수는 예외이다.

"아리아니."

"네, 주인님."

"지금 갔다 올까?"

"그러죠. 저는 아공간에 있을게요."

말하지 않아도 의도를 알아주니 기분이 좋다.

"트랜스퍼 디멘션!"

샤르르르르릉—!

"하으음! 역시 공기는 여기가 최고야!"

"휴우~ 저도요. 주인님이 살던 곳은 숲이 너무 많이 망가져서 그래요. 여기처럼 울창하면 거기도 괜찮을 텐데."

"그렇지? 하지만 나 혼자 힘으로는 어쩔 없는 일이니 이해해. 그래도 킨샤사, 아니, 더운 데는 괜찮지 않았어?"

"그래요. 거긴 괜찮아요. 아무튼 이제 좀 살 거 같아요."

대화를 하며 살펴보니 움직이는 녀석이 없다. 생쥐들이 모두 디오나니아의 영양분이 된 모양이다.

"내 신성력과 아리아니의 정령력이 합쳐지면 얘들 생장이 촉진된다고 했지?"

"네, 일단 중심부로 가세요. 그곳에서 땅의 축복을 내리세요. 그럼 다음엔 제가 알아서 할게요."

"중심부? 흐음, 그럼 플라이 마법을 써야겠군."

아리아니가 고개를 살래살래 흔든다.

"아뇨. 그러실 필요 없어요."

"왜지?"

"주인님은 여신의 가호를 받으셨어요. 그래서 디오나니아가 건드릴 수 없는 존재예요. 그러니 그냥 걸어가셔도 되요."

"정말?"

"제 말 못 믿으세요? 얘들은 저도 못 건드려요."

말을 마친 아리아니가 디오나니아 잎사귀 바로 곁까지 날아간다. 하지만 아무런 반응도 보이지 않는다.

CHAPTER 09

연옥도의 첫 손님들

"보세요. 저는 숲의 요정이에요. 이 아이들은 제가 관장하죠. 저를 믿으세요."

"그래?"

잠시 머뭇거리자 아리아니가 말을 잇는다.

"만일 얘들이 주인님께 해를 끼치면 이 종족은 멸족당해요. 모조리 땅속으로 빨려들어 가죠. 그래서 주인님을 못 건드려요. 여신님의 처벌을 무서워하니까요."

"알았어."

아리아니는 자신에게 해가 될 말을 할 존재가 아니다.

그렇기에 두말없이 디오나니아로 이루어진 정글의 중심부로 걸음을 옮겼다.

가장 가까이에 있던 녀석의 잎사귀가 움찔거린다. 그러더니 무반응이다. 하여 손을 대보았으나 여전히 꼼짝도 하지 않는다. 아리아니의 말이 맞는 것이다.

중심에 당도하자 아리아니가 입을 연다.

"이제 하늘로 올라가셔서 신성력으로 축복을 내려주세요."

"그래? 알았어. 플라이!"

허공으로 몸이 둥실 떠오른다. 늘 느끼는 거지만 순간적으로 체중이 0이 되는 느낌이다. 어쨌거나 고도 60m쯤 되자 디오나니아 서식지 전체가 한눈에 들어온다.

"가이아 여신의 축복을 너희에게 베푸노라!"

현수가 손을 뻗자 손끝으로부터 황금빛 찬란한 빛줄기가 흙속으로 스며든다.

스르르르르르르릉―!

몸에서 뭔가가 빠져나가는 것이 느껴진다. 한꺼번에 많은 신성력을 써서일 것이다. 그러던 어느 순간 유출이 멈춘다.

"나는 다 했어."

"알았어요. 이젠 제가 알아서 할게요."

아리아니가 작은 날개를 흔들며 디오나니아로 이루어진 정글을 누볐다. 제법 시간이 걸리는 일이지만 서서 기다렸다.

하지만 이내 무료해져서 자리에 앉았다.

그러던 어느 순간이다.

정글 전체가 우거지는 듯한 느낌을 받았다. 날씨가 흐린가 싶어 하늘을 보았지만 구름 한 점 없다.

쏴아아아아—!

갑자기 호수의 물이 허공으로 치솟더니 디오나니아들에게 쏘아져 간다.

"뭐지? 아! 저게 물의 정령인가?"

반투명한 존재들이 물을 조절하는 모습이 보인다.

현수에게 강한 정령력이 있기에 계약을 하지 않았음에도 식별되는 것이다.

호수의 물이 공급되고 얼마 지나지 않아 또다시 우거지는 듯한 느낌을 받았다. 하여 자세히 살펴보니 맹렬한 기세로 성장하는 중이다.

나온 지 얼마 되지 않아 30㎝밖에 안 되던 잎사귀가 금방 45㎝ 정도로 커진다. 슬로우 비디오로 영상을 보는 듯하다.

"정말 대단하군."

보는 동안에도 쑥쑥 자라고 있음이 느껴진다.

"참, 수액을 받아야지."

아공간 속을 뒤져보니 수액 채취에 쓸 만한 용기가 없다.

"흐음, 지구에서 말통이라도 사야겠구나. 아니다. 원료로 쓸 거니 무균 채수병을 사야 해."

이런 생각을 하는 동안에도 쑥쑥 자란다.

"아리아니, 언제까지 여기 이러고 있어야 해?"

"다 했어요. 조금만 더 기다리세요."

대답은 이렇게 했지만 아리아니가 되돌아온 것은 2시간쯤 지난 뒤다.

"헥헥! 제가 조금 늦었죠? 짜식들이 말을 안 들어서요."

"말을 안 들어? 식물이?"

"네, 다 자라면 주인님이 잎사귀를 뜯어갈 거라고 하니까 차라리 자라기 싫대요. 잎사귀 찢길 때 아프대요."

"헐……!"

식물과 의사소통을 했다는 것도 이상하고, 식물이 생각한다는 것도 이상하고, 통점이 없음에도 잎사귀가 찢길 때 아프다니 어이가 없었다.

하긴 숲의 요정도 있는데 무엇인들 이상하지 않겠는가!

"그래도 주인님이 몇 번이나 먹이를 주신 분이라 하니까 자라겠대요. 하지만 시간이 필요해요."

"……!"

"이틀만 시간을 주면 원하시는 사이즈까지 잎사귀를 키우겠대요. 대신 채취할 때 뿌리 하나당 넉 장까지만 가져가시래요."

현수는 아리아니의 말에 고개만 끄덕였다. 믿기지 않는 말을 계속하기 때문이다.

"그리고 다음에도 영양가 높은 먹이를 주셨으면 좋겠대요. 자라는데 큰 도움이 된대요."

"알았어. 그렇게 해준다고 전해줘."

살다 살다 식물에게 의사를 전달해 달라는 말을 하게 될 줄은 몰랐기에 조금은 웃긴 기분이 들었지만 내색하지 않았다. 눈은 없지만 느낄 수 있을지도 모르기 때문이다.

"네, 그렇게 전할게요. 잠시만요."

아리아니가 날아간 뒤 현수는 마나심법을 운용했다. 사용한 신성력을 어떤 방법으로 채우는지 모르기에 해본 것이다.

켈레모라니의 비늘로 많은 마나가 쏠리는 것이 느껴진다. 하지만 신성력은 변화가 없다.

"이게 아닌가? 그럼 어떻게 하지? 가이아 여신님, 신성력 다 썼습니다. 다시 채워주세요. 이렇게 말하나? 읏!"

그냥 해본 말이다. 그런데 기다렸다는 듯 신성력이 채워지기 시작한다.

현수는 느낌을 기억하려 정신을 집중했다. 신성력이 쌓이는 곳이 어디이며 어떤 경로인지를 알고 싶은 것이다.

'아……!'

신성력은 전신에 쌓이고 있다. 육체의 모양에 따라 옅은 안개처럼 채워지면서 점점 농도가 진해지는 느낌이다.

그러다 어느 순간 꽉 채워졌음이 느껴진다.

"아! 이런 거였구나."

고개를 끄덕이자 기다렸다는 듯 아리아니가 입을 연다.

"주인님의 약속, 애들에게 전했어요. 기대한대요."

"그래, 알았어."

헛헛한 웃음이 터져 나오려 하는 것을 애써 참았다.

"이제 돌아갈까?"

"흐으음, 그래요. 거기 가면 여기 공기가 그리울 거예요. 그래도 거긴 내가 할 일이 많아서 좋아요. 헤헤!"

"좋아, 이제 간다. 트랜스퍼 디멘션!"

샤르르르르릉—!

잠깐 사이에 현수의 신형이 사라졌다. 그러자 디오나니아 정글 전체가 잠시 술렁인다. 마치 자기들끼리 대화라도 하는 듯한 모습이다. 하지만 이를 본 생명체는 아무것도 없다.

* * *

"리노! 셀다! 오늘도 좀 뛸까?"

컹, 컹—! 컹, 컹—!

좋다는 듯 펄펄 뛴다.

"주인님, 오늘은 좀 천천히 뛰시면 안 돼요?"

“왜?”

“주인님이 뛰는 쪽으로 가면 병든 녀석들이 많은데 너무 빨리 되돌아오니까 내가 볼일을 다 못 본단 말이에요.”

아리아니가 약간은 삐친 듯한 표정을 짓는다.

“알았어. 그럼 오늘은 조금 멀리 가서 거기서 머물다 올게. 자, 리노! 셀다! 가자!”

아차산 산길을 따라 달리면서 근력이 엄청나게 좋아졌음을 스스로 느낀다. 샤워를 하려 바지를 벗으면 눈으로 보기에도 다리 근육이 아주 탄탄하다.

달리면서 그 진가가 드러나는 듯하다. 마치 생고무 같은 탄력을 보이고 있는 것이다. 그럼에도 전혀 힘들지 않다.

집에서 제법 먼 곳에 당도한 현수는 등산로를 떠나 인적 드문 곳으로 갔다. 사람들의 시선이 미칠 수 없는 곳에 당도해선 벤치프레스 등 헬스기구를 꺼냈다.

100㎏을 넘어 200㎏까지 걸었음에도 크게 힘들다는 느낌이 들지 않는다. 너무 무거워 그런지 바벨이 휘는 느낌이다.

하여 중량을 늘리는 대신 횟수를 늘렸다.

평, 인크라인, 디크라인, 클로즈그립 벤치프레스를 모두 섭렵했다. 가슴 빽빽한 느낌이 왠지 좋았다.

다음은 하체 운동기구를 꺼내 땀이 날 때까지 운동했다.

허벅지와 장딴지 근육이 힘들다는 신호를 보내올 때까지

운동을 하고 나니 한 시간이 후딱 지나갔다.

[아리아니, 이제 집으로 가야 해.]

[알았어요, 주인님. 뒤따라갈게요. 먼저 출발하세요.]

리노와 셀다를 데리고 귀가하는 길은 상쾌하다.

"오늘부터 운동하시는 겁니까?"

"하하, 네. 수고 많으십니다."

어제의 경호원이 아닌지라 현수가 운동하는 모습을 처음 본 모양이다.

집으로 돌아오니 오늘은 셀다가 신문을 물어다 준다. 녀석의 머리를 긁어주고는 안으로 들어갔다.

"운동 다녀오셨어요?"

"응. 오늘도 일찍 일어났네?"

"이 시간에 깨는 게 습관인가 봐요. 커피 드려요?"

"그래. 주면 좋지."

소파에 앉아 신문을 펼쳤다. 정치권은 여전히 티격태격한다. 경제 상황은 몇몇 종목을 빼곤 불안하다.

살펴보니 제약과 건설은 빠져 있다. 두 종목 모두 현수와 관련이 있어 호황이기 때문일 것이다.

큰 회사들도 법정관리에 들어갈 예정이라 쓰여 있다.

"흐음! 또 외국인들의 사냥에 당하는 건가?"

기사엔 어려움을 겪고 있는 기업의 명단이 있다.

"이건 외국인들에게 '사냥감 여기 있소' 라고 가르쳐 주는 거나 마찬가지인데. 쯧쯧."

나직이 혀를 차곤 다음 면을 펼쳤다.

지나 불법조업 어선에 의해 해경 실종!

자세히 살펴보니 어젯밤에 일어난 일이다.

어젯밤 충남 태안 격렬비열도 해상에서 지나 어선 200여 척이 야간 및 기상 불량을 틈타 영해를 침범했다.

이들 타망 어선들이 휩쓸고 지나가면 어족의 씨가 마른다. 하여 불법조업을 단속하기 위해 해경이 출동하였다.

하지만 이들은 순순히 단속에 응하지 않았다. 조직적으로 쇠파이프와 갈고리 등을 휘두르며 격렬하게 저항했다.

이를 제압하기 위해 출동한 해경 가운데 하나가 지나 어부가 휘두른 갈고리에 끌려가 바다에 빠졌다. 밤새 수색 작업을 펼쳤지만 아직까지 발견되지 않고 있다는 내용이다.

의사는 시간이 많이 흘렀기에 발견된다 하더라도 저체온증으로 사망했을 확률이 높다는 조심스런 예측을 내놓았다.

부상당한 두 명의 해경은 육지로 후송되어 치료 중인데 상처가 깊어 치료에 어려움을 겪고 있다고 한다.

"뭐야! 이런 쓥새들이!"

현수는 살짝 혈압이 높아짐을 느꼈다.

기사 아래엔 2008년부터 2013년 8월까지 지나 어선의 불법 조업이 총 2,421건이나 있었음이 기록되어 있다.

단속을 피하기 위해 철판으로 방어막을 치는가 하면, 선명(船名)과 허가 번호판을 위조해 정상적인 것처럼 속였다고 한다.

그간 우리 해경이 몇 명이나 목숨을 잃었다.

이에 대해 한국 정부가 지나 정부에 강력한 항의를 하지 못하는 이유는 무역 보복 및 희토류 수출중단 때문이었다.

그런데 지나 정부는 불법조업 어선들을 단속할 때 무력 사용을 자제하라는 서한까지 전달했다고 한다.

이쯤 되면 적반하장이다.

"이런 개 같은 종자들은 그냥 둬선 안 되지."

나직이 중얼거릴 때 지현이 다가온다.

"하암! 아무래도 잠이 모자랐나 봐요. 나 또 잘래요."

나가보려는데 마침 잘되었다.

"그래, 피곤하면 쉬어야지. 가서 자."

"네, 그래야겠어요. 자기한테 너무 시달렸어요."

"그래? 하하, 알았어. 쉬어."

지현이 방으로 들어간 후 마법으로 재웠다.

아직 깨지 않은 연희와 이리냐도 마찬가지이다. 그리곤 곧장 인천 차이나타운 한송모텔 옥상으로 텔레포트했다.

"어디 보자. 와이드 센스!"

마나를 퍼뜨려 확인해 보니 모텔엔 약 400명이 있다. 다행히 깨어 있는 사람은 없다.

오전 8시 경이지만 이들에겐 한밤중이기 때문이다.

"흐음, 여기에 300명 정도 있다고 했는데 오늘은 왜 이렇게 인원이 많은 거지?"

7층으로 내려서면서 퍼펙트 트랜스페어런시 마법을 구현시켰다. CCTV를 우려한 것이다.

"있군. 그렇다면……."

다시 옥상으로 올라갔다.

"아공간 오픈!"

"주인님, 뭐하려고요?"

"아리아니, 내가 아공간에 살아 있는 인간을 집어넣으면 안에서 산소통 달린 컨테이너로 들어가게 해줄 수 있어?"

"왜요?"

"되도록이면 살려서 넣고 싶어서."

"그거 문 열면 안에 있던 공기가 빠져나가는데요?"

"아, 그렇군. 잠깐만."

현수는 컨테이너를 꺼내 입구에 마법진을 설치했다.

퍼늘(Funnel) 마법진이다.

아무런 도구 없이 언제 출현할지 모를 짐승을 마법으로 사냥할 때 쓰는 것이다. 이것이 구현되면 눈에 보이지 않는 마나 깔때기가 유지되도록 한다.

굳이 비교하자면 물고기를 잡을 때 사용하는 통발과 유사한 역할을 한다.

또 다른 비유를 하자면 하지정맥 내부에 있는 판막(Valve)과 비슷하다. 이것은 혈액의 흐름을 항상 심장 쪽으로 일정하게 유지하게 만드는 역할을 하는 것이다.

판막이 손상되면 심장으로 가는 혈액은 역류하게 된다. 하중은 밑으로 작용하기 때문이다.

그 결과 정맥이 늘어나면서 혈관이 울퉁불퉁하게 튀어나오게 된다. 이것이 하지정맥류이다.

"이제 아공간에 넣으면 안쪽으로 밀어 넣을 수 있지?"

"네, 얼마든지요."

아공간 안에서 도움을 줄 수 있는 존재가 있다는 것이 무척 마음에 든다. 하여 아리아니의 벌거벗은 몸을 부드럽게 쓰다듬어 주었다.

"고마워. 일 끝나면 당근주스와 식혜 줄게."

그런데 몹시 부끄러운 듯 몸을 배배 튼다.

"아이고, 부끄러워라."

"부끄럽긴, 난 주인님이니까 괜찮지?"

"호호! 그럼요. 네, 고마워요."

현수는 지하로 내려갔다. 그리곤 모텔로 들어오는 전기 차단기를 찾아 내려 버렸다.

딸깍—!

순식간에 진한 어둠이 사방을 감싼다. 하지만 현수에겐 이런 어둠을 뚫고 볼 수 있는 마법이 있다.

"오올 아이!"

계단을 딛고 1층으로 올라간 뒤 현관문을 잠갔다.

"흐음, 그럼 시작해 볼까?"

남의 나라에 들어와 수시로 폭력을 휘두르고, 공갈 협박, 마약 밀매, 인신매매, 금품 갈취, 살인 청부, 고리대금업 등 온갖 범죄 행위를 저지르는 놈들이다.

살려둘 가치가 손톱만큼도 없다.

하지만 쉽게 죽게 하고 싶지 않다. 여태 남들 괴롭히며 살았으니 이제부턴 놈들이 당할 차례이다. 그래야 공평하다.

"언락!"

철컥—!

1층 첫 번째 방이 열린다.

문이 열리자 잘 씻지 않아서 그런지 퀴퀴하고 구역질나는 냄새가 풍긴다.

"우웩! 더러운 새끼들."

잠시 환기되도록 기다린 후 발을 들여놓았다. 밤새 술 마시며 마작하다 잠들었는지 여기저기 널브러져 있다.

다섯 놈이나 뻗어서 자고 있다.

"아공간 오픈! 아리아니, 이제 시작이야."

"네, 보내기만 하세요."

"오케이! 입고!"

아무런 소리 없이 곯아떨어져 있던 녀석들이 아공간 속으로 빨려들어 간다.

방을 나서기 전에 귀금속과 현금 등을 챙겼다.

두 번째 방엔 여자들도 있다. 한방에서 여럿이 미친 짓을 한 모양이다. 과연 인간 같지 않은 놈들이다.

"딥 슬립!"

여자는 삼합회 조직원이 아닐 것이다.

하여 아주 깊은 잠에 빠지게 만들어놓고 나머지 녀석들만 아공간에 쓸어 담았다.

이렇게 7층까지 총 84개의 방을 돌았다.

비명조차 지르지 못하고 아공간에 담긴 녀석이 무려 339명이다. 녀석들 중 누가 두목인 정림인지는 알 수 없다.

그건 나중에라도 확인할 수 있는 일이다.

7층으로부터 1층까지 내려오는 동안 가방과 지갑을 모두 챙겼다. 현금과 금목걸이 등이 수북하다.

이것들은 각 층에 잠들어 있는 여자들 곁에 모아놓았다. 깨어나면 알아서 가져가라는 뜻이다.

모든 일을 마친 후 지하실로 내려가 전원을 올렸다. 그리곤 곧장 부산의 팽고팽고 나이트클럽 옥상으로 이동했다.

"아리아니, 놈들 안 죽었어?"

"네, 한 놈도 안 죽었어요."

"고마워. 한 건 더 하자."

"네."

팽고팽고는 새벽 영업을 마치고 고요 속에 잠들어 있다.

드미트리의 보고서에 의하면 부산을 거점으로 한 죽련방은 팽고팽고를 기준으로 활동한다.

이들 가운데엔 한국말에 능숙한 조선족이 많다.

이들은 클럽을 찾은 손님들에게 마약을 팔아 거금을 챙긴다고 한다. 숙소는 인근 고시원이다.

"블링크!"

팽고팽고 옥상에서 고시원 옥상으로 옮겨간 현수는 한송모텔에서 그런 것처럼 아래층부터 위층까지 싹쓸이했다.

이곳에서 아공간에 담긴 자들의 수효는 264명이다. 이로써 삼합회 죽련방 소속 한국지부는 박멸되었다.

"흐음, 그냥 갈 수는 없지."

팽고팽고는 손님들에게 마약 밀거래를 하던 장소이다. 그런데 마약을 어디에 감춰두었는지는 알 수 없다.

그렇다고 그냥 놔두면 또 다른 폭력조직이 장악하여 같은 일을 벌일 것이다.

팽고팽고로 들어간 현수는 모든 기물을 부숴 버렸다.

논 노이즈 마법이 구현되었기에 외부에선 약간의 진동만 느낄 수 있을 뿐이다. 하지만 실내는 처참한 폐허가 되었다.

나중에 철거하러 온 사람들은 혀를 내민다. 어느 것 하나 멀쩡한 것이 없기 때문이다.

이들에 의해 감춰진 마약이 발견되어 경찰이 출동하는 것은 나중의 일이다.

"후와! 윈드 커터가 그 정도로 강력한 마법이었나?"

팽고팽고를 나서면서 고개를 설레설레 흔든다.

윈드 커터가 스칠 때마다 모든 기물이 작살나는 광경이 떠오른 때문이다. 마치 맹렬히 회전하는 강철 톱이 휩쓸고 지나간 듯했기 때문이다.

"제기랄! 시간이 벌써 이렇게 된 거야? 흐음, 많이 지체했네. 서둘러야겠어. 텔레포트!"

현수의 신형이 나타난 곳은 안산시 원곡동이다. 삼합회 소속 14K파의 근거지가 있는 곳이다.

"이놈들의 아지트가 반도모텔과 흑장미모텔이라고 했지?"

시선을 들어 주변을 둘러보았다. 다행히 멀지 않은 곳에 나란히 선 두 개의 모텔이 보인다.

"아리아니, 또 시작할 거야."

"네. 근데 빨리 끝내세요. 이놈들 몸에서 냄새가 너무 많이 나서 구역질나요."

"하하! 알았어. 최대한 빨리 끝낼게."

반도모텔에 당도한 현수는 와이드 센스 마법으로 안의 동정을 살폈다. 시간이 많이 지체되어 그러는지 깨어 있는 놈들이 제법 많다.

"그러거나 말거나."

이번에도 차단기를 내려 먼저 전기를 끊는 것까지는 동일했지만 이후의 방법은 약간 달랐다.

각 방마다 들어서자마자 슬립 마법으로 재워놓고 시작한 것이다. 그렇게 하여 아공간에 담긴 14K파 조직원 수는 293명이나 되었다. 드미트리의 보고서보다 인원이 많다.

"시간이 지나면서 더 늘었다는 뜻이네. 이렇게 청소해 놓고 나면 또 들어오겠지? 쩝! 귀찮네."

"이제 다 한 거예요? 컨테이너 거의 꽉 찼어요."

"그래, 조금만 기다려."

"네."

텔레포트로 콩고민주공화국까지 가는 데 걸린 시간은 약

30분이다. 초음속 제트기도 따를 수 없는 속력이다.

아르센 대륙처럼 마나가 풍부하다면 이실리프 자치령에서 라이셔 제국의 수도 코린까지 단번에 이동하듯 할 수 있었을 것이다.

그랬다면 1분도 채 걸리지 않았을 것이다.

그런데 지구는 마나가 희박하다. 하여 텔레포트 마법이 구현되는 동안 마나 간섭 현상이 일어난다.

텔레포트라는 마법은 일정 농도 이상의 마나가 존재하는 공간에서 공간으로 이동할 때 사용되는 마법이기 때문이다.

지구는 마법의 베이스가 된 일정 농도 이하인 곳이다.

그렇기에 자칫 잘못될 수도 있기에 번거롭지만 안전한 방법으로 이동하느라 지체된 것이다.

“쩝! 이건 공부 한번 해봐야 할 일이군.”

중얼거리며 주변을 둘러보았다. 지나와 관련된 자들의 형벌장이 될 연옥도가 분명하다.

타란툴라 호크(Tarantula Hawk)들이 득실거리지만 현수의 존재감에 눌려 뒤쪽으로 물러가는 중이다.

참고로 이 녀석들은 말벌의 일종이다.

‘슈미트의 곤충침 고통지수 보고서’ 에는 이 녀석에게 쏘였을 때의 기분을 이렇게 묘사해 놓았다.

비명을 지르는 것을 제외하고는 아무것도 할 수 없을 정도로 극심한 고통을 유발한다.

고통이 주어지는 시간은 불과 3분이다. 그러나 어떠한 정신 훈련도 이를 극복하지는 못한다.

마치 욕조에 물을 채워 넣고 헤어드라이어를 틀어놓은 것과 같은 고통이다.

보통 5㎝ 정도 되나 10㎝가 넘는 종도 있다.

현수가 연옥도라 이름 붙인 이곳 주위엔 타란툴라 호크가 약 20만 마리 정도 서식한다.

그렇기에 현수가 잡아다 놓은 악어나 아나콘다 등이 주변에 득실대지만 섬 위로 올라오지 못한다.

이 녀석들의 공격을 감당할 수 없기 때문이다.

"아공간 오픈! 출고!"

말 떨어지기 무섭게 세 개의 컨테이너와 아리아니가 튀어나온다.

"우웩! 냄새! 주인님, 저 죽을 뻔했어요. 저것들은 뭐죠? 어떻게 인간의 몸에서 이런 흉측한 냄새가 나는 거예요?"

"되놈들이라 그래. 자, 이거나 마셔."

현수는 당근주스와 식혜부터 꺼내서 건넸다.

떡—! 딱—!

"우와! 여긴 좋아요."

날갯짓을 하며 주변을 둘러보던 아리아니가 탄성을 낸다. 울창한 수림이 마음에 든다는 뜻이다.

"할 일이 있으니까 아리아니는 주변을 구경하고 와."

"호호! 네."

당근주스와 식혜를 해치우곤 30㎝ 크기로 되돌아간다.

"언락!"

말 떨어지기 무섭게 컨테이너가 열린다.

그러자 한송모텔과 고시원, 반도모텔과 흑장미모텔에서 잡아온 삼합회 조직원들이 우르르 쏟아져 나온다.

총원 896명이다.

CHAPTER 10
불법조업 하지 말라니까!

"여긴 뭐야? 뭐냐고! 쓰발!"

"그러게 말입니다. 형님, 조금 요상한 곳이네요."

"그래! 근데 저 새끼들은 뭐야?"

"헉! 그러게 말입니다. 처음 보는 놈들입니다, 형님!"

"가서 어느 조직인지 알아봐. 뭣하면 선빵 날려도 돼."

"알겠습니다, 형님! 가서 족보를 캐오겠습니다, 형님!"

인천, 부산, 안산에서 잡혀온 녀석들이 서로를 경계하듯 무리지어 대치한다. 놔두면 패싸움이라도 벌일 기세다.

"아아! 거기까지!"

음성 증폭마법이 실린 현수의 말에 모두의 시선이 쏠린다.
"저건 또 뭐야? 쓰발!"
"그러게 말입니다, 형님!"
"야! 저 싸가지 없는 새끼 당장 내 앞에 꿇려!"
누군가 거친 욕을 내뱉으며 눈을 부라린다. 시선을 돌려 보니 덩치 큰 녀석 하나가 품에 있던 칼을 꺼내 든다.
"네, 형님! 맡겨만 주십시오! 반쯤 죽여서라도 형님 앞에 확실히 꿇리겠습니다, 형님!"
"야야! 저런 비리비리한 놈 손보는데 왜 니가 나서? 밑에 애들 시켜."
"그럼 그럴까요, 형님! 어이, 맨발! 가서 저 시키 잡아와!"
"네, 알겠습니다, 형님! 후딱 잡아 올리겠습니다, 형님!"
한 녀석이 씩씩대며 다가올 때 현수의 입술이 달싹인다.
"플라이!"
"헉! 저, 저건……."
"으윽! 저, 저건 뭐야?"
"어, 어떻게 된 거야? 사람이 어떻게 하늘로 올라가?"
현수의 몸이 둥실 떠오르자 일제히 경악하며 물러선다.
아무런 기구의 도움도 없이 20m쯤 올라가니 왜 안 그렇겠는가! 게다가 뒷짐 진 자세이다.
"들어라!"

현수의 말이 떨어지자 모두의 시선이 쏠린다.

“지금 즉시 모든 의복을 벗어라. 실시!”

“저놈이 지금 뭐라는 거야? 쓰벌! 지금 나더러 애기들 앞에서 옷을 벗으라고? 미친놈!”

“그러게. 저 씨부랄 놈이 뭐라 헛소리를 지껄이냐?”

“야! 모두 저 씨방새에게 짱돌 던져!”

모두가 왁자지껄하며 소란스럽다.

“체인 라이트닝!”

번쩍, 번쩍, 번쩍―!

콰릉, 콰르릉, 콰르르릉!

“캑, 아악! 커헉! 끄윽! 으악! 크흑! 컥!”

현수의 손끝으로부터 시작한 번개가 14K파 조직원들에게 쏘아지자 일곱 명이 비명을 지르며 쓰러진다.

마나의 양을 조절하였기에 죽은 놈은 없다.

“보았느냐? 나는 지구 유일의 마법사이다!”

“……!”

평상시 같으면 별 미친놈 다 본다면서 온갖 쌍욕을 했을 것이다. 그런데 방금 손에서 번개가 뿜어지는 걸 보았다.

이런 무기가 있다는 소리는 들어본 적이 없다. 따라서 믿기지 않지만 현수는 진짜 마법사인 것 같다.

그렇기에 모두들 꿀 먹은 벙어리처럼 입을 벌리고 있다.

"못 믿겠는가? 그럼 더 보여주지. 매스 아이스 애로우!"

말 떨어지기 무섭게 200여 개의 얼음 화살이 허공에 돋아난다. 두 눈 똑똑히 뜨고 보고 있지만 믿기지 않는다.

하여 모두들 넋 나간 표정이다. 그러거나 말거나 현수의 입술이 달싹인다.

"발사!"

쐐에에에에에에에엑—!

퍽, 퍼퍽! 퍼퍼퍼퍼퍼퍽! 퍼퍼퍼퍼퍼퍼퍽!

화살이 허공을 찢어발기는 파공음에 이어 수목에 박히는 소리가 작렬한다. 일부러 놈들이 있는 부근의 나무에 박히도록 조절했다. 하여 한 놈이 화살을 만져보고는 깜짝 놀란다.

"헉! 얼음이야! 얼음 화살이라고!"

누군가 나무에 박힌 아이스 애로우를 보고 놀랍다는 듯 소리치자 우르르 달려가 확인한다.

이때 현수의 귀로 아리아니의 짜지는 음성이 들린다.

[주인님! 꼭 그랬어야 했어요? 애들이 아프다잖아요!]

[아! 미안, 미안! 앞으론 주의할게.]

[주의만 하지 말고 앞으론 이런 쓸데없는 일 하지 마세요. 아셨죠?]

[그래, 미안해. 나무들에게 내가 실수했다고, 사과한다고 전해줘. 알았지?]

[알았어요. 담부턴 이러지 마요.]

아리아니로부터 꾸중 아닌 꾸중을 들었지만 현수의 표정은 변하지 않았다.

"다시 명한다. 실오라기 하나 남기지 말고 모두 벗어라."

"……!"

"내 명에 따르지 않는 자는 번개의 맛, 또는 얼음 화살에 박히는 고통을 느끼게 될 것이다. 실시!"

"헉! 아, 알았습니다!"

현수의 말이 떨어지자마자 일제히 옷을 벗는다. 상의부터 벗는 놈, 바지부터 벗는 놈 등 제각각이다.

잠시 후 896개의 알몸이 전시되었다.

"벗은 것을 한곳으로 모으도록!"

"아, 알겠습니다! 야! 어서 모아!"

두목급의 명이 떨어지자 세 군데에 벗어놓은 옷가지 등이 수북하게 쌓인다. 이 와중에도 조직을 따지는 모양이다.

"아공간 오픈! 입고!"

허공에 시커먼 무엇인가가 일렁이는가 싶더니 벗어놓은 옷가지가 빨리듯 사라져 버린다.

삼합회 조직원들은 현수가 마법사라는 걸 100% 인정하고 경외감 어린 시선으로 바라본다.

"너희는 남의 나라인 대한민국에 와서 사회악으로 존재했다. 하여 너희를 이곳 연옥도에 데려다 놓았다."

"……!"

모두들 이게 대체 웬일인가 하는 시선으로 바라보고 있다. 갓 훈련소에 입소한 장정들처럼 긴장된 표정이다.

"이곳의 정확한 위치는 아프리카 대륙 콩고민주공화국의 영토이다. 나는 이 섬을 연옥도라 부른다. 너희 같은 사회악이 고통을 겪으라는 뜻에서 만들었다."

"꿀꺽-!"

누군가 긴장되는지 마른침을 삼키는데 그 소리마저 들릴 정도로 고요하다.

"이 섬의 주위엔 수천 마리의 악어와 아나콘다가 서식한다. 섬 밖으로 나가려다간 녀석들의 먹이가 될 것이다."

"악어? 아나콘다?"

평생 한 번도 실물을 본 적은 없지만 어떤 녀석들인지는 너무도 잘 알고 있다. 아무리 기운 센 조폭이라 할지라도 감당하기 어려운 동물들이다.

"습지를 지나도 표범이나 사자 같은 맹수들이 있다. 목숨 걸고 탈출을 시도해도 좋다. 100% 장담하건대 단 한 놈도 이곳을 벗어나지 못할 것이다."

"……!"

슬슬 겁에 질리는 표정이다.

"나는 아무런 도구도 주지 않는다. 식량 또한 없다. 너희가 알아서 이곳에서 살아라. 그러면서 너희가 저지른 악행을 반성해라. 알겠는가?"

"……!"

평상시에 이런 말을 들었으면 육두문자로 가득한 거친 욕설을 퍼부었을 것이다. 하지만 삼합회 조직원들은 이 순간 현수에게 완전히 제압당했다.

그렇기에 모두가 멍한 시선으로 고개만 끄덕인다. 이제부터 어떤 고난이 시작될지 아무도 짐작하지 못하고 있다.

"참! 너희 중에 정림이 누구냐?"

현수의 말에 한송모텔에서 잡아온 녀석들이 술렁인다. 저 마법사가 혹시 두목과 친분이 있나 싶은 모양이다.

"우리 두목은 왜 찾습니까?"

"그건 알 필요 없다. 너희 중 정림이 누구냐?"

"두목은 여기 없습니다. 모텔이 아닌 호텔에 머뭅니다."

누군가의 대답이다.

"그래? 그럼 이제부터 시작이다. 잘 견뎌봐라. 텔레포트!"

현수의 신형이 허공에서 사라지자 모두들 어디로 갔는지 찾으려 두리번거린다.

그러던 중 누군가가 소리친다.

"으앗! 저, 저거 뭐야?"

"말, 말벌이다! 아앗! 말벌인데 엄청나게 커!"

"뭐라고? 아악! 오지 마! 오지 말라고!"

"아악! 쏘였다! 근데… 으아아아아아아아아악!"

"아악! 오지 마! 오지 말라고! 아악! 아아아아아악!"

"흐아아아아악! 사람 살려! 아아아아아아악!"

누군가의 비명을 시작으로 연옥도는 온통 인간들이 내지르는 고통에 겨운 소리로 시끄러워지기 시작했다.

현수의 존재감 때문에 물러나 있던 타란툴라 호크가 자신들의 영역을 침범한 인간들을 향해 일제히 쇄도한 결과이다.

이곳에 있는 삼합회 조직원 중 어느 누구도 '슈미트의 곤충침 고통지수 보고서'를 읽어본 바 없다.

만일 살아남는다면 이게 잘못되었다고 반박할 것이다.

거기에 기록되어 있는 고통 이상을 처절히 경험하고 있는 중이기 때문이다. 이들은 연옥도의 첫 손님이다.

* * *

"방금 들어온 소식입니다. 사고 현장 인근 해역으로 또다시 지나 어선이 무리지어 다가오고 있다고 합니다. 현장에 나가 있는 이진세 기자 연결합니다. 이 기자!"

투다다다다다! 투다다다다다!

"…네, 이진세 기자입니다. 저는 현재 당사 헬기를 타고 해경이 실종된 해역으로 가는 중입니다."

헬기 뒤쪽 좁은 공간에 앉은 기자는 화면에 본인의 얼굴이 제대로 나오도록 각도를 잡고는 심각한 표정을 짓는다.

투다다다다다! 투다다다다다!

로터 돌아가는 소리가 요란하다. 화면이 잠시 바다를 비춘다. 한 무리의 배가 다가오는 모습이 보인다.

"저기 보이는 저 배들은 지나의 어선들로 우리 영해를 침범하여 불법조업을 하고 있습니다. 해경은 현재……."

이진세 기자의 보도내용은 다음과 같다.

해경은 어젯밤부터 실종자를 찾기 위해 사고 해역 인근을 샅샅이 뒤지고 있는 중이다. 그사이를 틈타 다른 곳에서 지나 어선들이 싹쓸이 조업을 하고 있다는 내용이다.

격렬비열도는 충청남도의 제일 서단으로 태안반도 관장곶 서쪽 약 55km 해상인 동경 125° 34′, 북위 36° 34′에 위치하고 있다.

유인도인 북격렬비도와 무인도인 동격렬비도, 그리고 서격렬비도로 이루어져 있으며, 각각 약 1.8㎞ 간격이다.

이 섬들을 중심으로 해경이 실종된 장소의 반대쪽에서 재차 불법조업을 하려 지나 어선 200여 척이 다가오고 있다.

헬기는 해경에 이들의 침범 사실을 알리겠다면서 보도를

마치고 돌아온다고 한다.

현수는 지도를 꺼내 섬들의 위치를 파악했다. 그리곤 좌표를 계산했다. 기자가 보도한 바다 근처를 찾았다.

"텔레포트!"

샤르르르르르릉—!

거실에 있던 현수의 신형이 안개처럼 스러진다.

"으읏! 플라이! 날씨 한번 궂네."

도착해 보니 시퍼런 바다 위다. 그런데 비가 내린다.

얼른 몸을 띄우곤 사방을 둘러보았다. 기자의 보도대로 200여 척의 지나 어선들이 불법조업 중이다.

"이놈들! 배가 없으면 조업을 못하겠지? 좋아, 한번 당해봐라. 퍼펙트 트랜스페어런시!"

직접 시전해도 되는 마법이다. 하지만 전능의 팔찌의 힘을 빌렸다. 이제부터 마법을 중첩해서 써야 하기 때문이다.

더블 캐스팅이 아니라 트리플 캐스팅이 될 수도 있다.

플라이 마법으로 어선들 근처로 다갔다.

"아리아니, 아공간 속으로 들어가는 놈 있으면 컨테이너에 넣어줘."

"알았어요, 주인님! 근데 또 냄새나는 놈들이에요?"

"어쩌면……."

"쳇! 싫은데. 그래도 주인님이니 그렇게 해줄게요."

"고마워. 이따 식혜 또 줄게."

아리아니와의 대화를 마치곤 가까이 있는 배부터 침몰시키기 시작했다.

"싱크(Sink)! 싱크! 싱크! 싱크!"

"으앗! 배가 왜 이래? 바닥에 구멍 뚫렸어?"

"아니! 그런 거 없어!"

"그런데 갑자기 왜 이래? 아앗! 침몰한다!"

"안 되겠어! 침몰이야! 탈출! 탈출! 모두 탈출!"

멀쩡하던 배의 선수가 수면 아래로 급속하게 빨려든다. 조업을 하던 선원들은 몹시 당황했다.

아무런 이유가 없기 때문이다. 그러는 가운데 재빨리 탈출하여 차가운 바닷물 속으로 들어간다.

현수는 가까이 있는 놈부터 아공간에 담았다. 그냥 놔두면 방송에서 말한 대로 저체온증으로 죽게 된다.

그런데 그렇게 쉽게 죽게 내버려 둘 마음이 없다.

남의 나라 영해를 침범하여 어족자원을 싹쓸이하여 우리 어민들에게 피해를 줬다. 그럼에도 뻔뻔스럽게 단속하는 해경에게 폭력을 휘두른 것이 한두 번이 아니다.

당연히 죽도록 고생하다 죽어야 한다. 그렇기에 번거롭지만 아공간에 담아 연옥도로 가려는 것이다.

"싱크! 싱크! 싱크! 입고! 입고! 입고! 싱크! 싱크! 입고! 입

고! 입고! 입고! 입고! 입고!"

226여 척에 달하던 지나 어선이 모두 침몰하는 데 걸린 시간은 불과 40~50분이다.

승선해 있던 어부 대부분 바다에서 허우적거린다. 배 하나당 10~15명이 있었던 듯하다.

"아이고, 주인님! 이제 그만 넣어요! 더 넣을 데도 없어요! 이제부터 들어오는 것들은 그냥 둘 거예요!"

아리아니의 고함에 정신없이 선원들을 아공간에 주워 담던 현수의 움직임이 멈춘다.

아공간에 산소 공급 장치가 달린 컨테이너는 세 개뿐이다.

공간 확장 마법이 걸려 하나당 300명이 정원이다.

그런데 지금은 하나당 500명이 넘게 담겼다.

억지로 우겨넣은 것이다. 모르긴 해도 컨테이너 안은 콩나물시루보다도 더 빡빡할 것이다.

아무튼 짧은 시간 동안 1,500명 이상을 건져 올렸다.

그럼에도 허우적대는 놈들이 많다. 대충 헤아려 보니 1,200명 정도 된다.

배가 침몰할 때 미처 빠져나오지 못한 놈들도 있을 것이다. 그들까지 포함하면 3,000명 정도가 조업에 나선 것이다.

"배가 없으면 더 이상 못 오겠지. 텔레포트!"

일단 집으로 갔다. 옷이 흠뻑 젖은 때문이다.

도착하자마자 따끈한 물로 샤워했다. 그리곤 머리를 말리면서 TV를 켰다.

"방금 들어온 속보를 전해 드립니다. 우리 해경이 실종된 해역 인근에서 불법조업을 하던 지나 어선 200여 척이 의문의 침몰을 했다고 합니다. 해경 관계자의 말에 의하면 지나 어선들은……."

보도된 내용은 다음과 같다.

불법조업을 하던 지나 어선 가운데 가장 뒤쪽에 있던 배에서 본국으로 긴급 타전을 했다.

앞쪽에서 조업 중이던 배가 풍랑이 이는 것도 아닌데 갑자기 침몰하고 있다는 내용이다.

물에 빠진 선원이 너무 많아 자신들로선 속수무책이니 어서 구조해 달라는 내용이다.

연락을 받은 지나 당국은 긴급출동을 지시하는 한편 한국 정부에 연락을 했다.

자국 어선이 침몰하여 선원들이 표류 중이니 구조를 요청한다는 내용이다. 정부는 해경에 연락하여 출동을 지시했다.

그런데 해경에서 반발했다.

어젯밤에 실종된 동료를 아직 찾지 못했다. 그럼에도 지나 어부를 구하러 출동하라 하자 말을 안 들은 것이다.

웬만하면 찍어 누르겠건만 이번엔 쉽게 그러지 못했다. 그러는 사이에도 지나로부터 계속 연락을 받았다.

중간에 낀 신세가 되자 정부 입장도 있고 하니 출동하는 척이라도 해달라고 한 것이다.

하여 화면엔 침통한 표정으로 출동준비를 하고 있는 해경대원들의 모습이 비춰지고 있다.

화면 아래 자막엔 어제 실종된 해경의 이름과 직위, 그리고 실종시각이 흐르고 있다.

전문가의 의견 또한 지나간다. 워낙 시간이 많이 흘러 생존 가망성이 무척 낮다는 내용이다.

현수는 태안 해경이 위치한 충청남도 태안읍 앞바다의 좌표를 확인했다.

"그 자식들을 왜 우리가 구해줘야 하는데? 텔레포트!"

샤르르르르릉—!

"젠장! 날씨 한번… 플라이!"

흩날리듯 뿌리는 비 때문에 을씨년스런 분위기이다. 그럼에도 할 건 해야 한다.

현수는 출동 준비를 마친 경비함을 마주 보았다.

"윈드 스톰(Wind Storm)!"

훼에에에에엥! 훼에에에에에엥—!

삽시간에 집채만 한 파도가 일렁이기 시작한다. 비는 오지만 방금 전까지만 해도 파고(波高)는 고작 1~2m 정도였다.

그런데 지금은 7~8m가 되었고, 점점 더 높아진다. 방파제 위로 바닷물이 쏟아질 정도이다.

"아앗! 갑자기 왜 이래? 조 경위, 오늘 기상청에서 태풍 분다고 했어?"

"아뇨! 이슬비만 올 뿐 바다는 잔잔하다고 했습니다!"

"일기예보 다시 확인해 봐! 갑자기 이게 웬 파도야!"

300톤급 신형 320함 소현식 함장은 우려 섞인 표정으로 바다를 바라본다. 태풍 예보도 없었는데 파고가 너무 높다.

게다가 점점 높아지는 듯한 느낌이다.

이 정도면 사고 해역을 향해 출동하자마자 320함이 먼저 침몰할 수도 있다.

"함장님, 비 말고는 특별한 일기예보는 없었습니다."

"그래? 그럼 이건 뭐지? 일시적인 현상인가?"

말하면서 봐도 확실히 파고가 높아지고 있다.

"본청에 연락해. 풍랑이 심해 출동할 수 없다고."

"네, 알겠습니다. 본청에 연락합니다."

부함장 조연호 경위가 보고하러 자리를 뜨자 휴대폰을 꺼내 현 상황을 녹화하기 시작했다.

본청 높은 분들은 기상청 일기예보만 믿고 출동명령을 재촉할 것이 뻔하기 때문이다.

파고는 어느새 15m를 넘고 있다. 먼 바다이기에 다행이다.

육지 근처라면 쓰나미에 해당된다.

"함장님, 본청에서 그래도 출동하라는 명령입니다."

"그럴 줄 알았다. 자, 이 동영상 전송해! 이거 보고고 출동하라면 가겠다고! 단 본 함이 먼저 침몰할 수도 있다는 걸 분명히 주지시키도록!"

"알겠습니다! 보고합니다!"

조 경위가 재빨리 자리를 뜬다. 함장은 시선을 돌려 남쪽 바다를 살폈다. 파도가 없다.

"응? 이건 대체 뭐지?"

바다에서 청춘을 바쳤건만 이런 현상은 처음이다.

파도치는 곳과 잔잔한 곳은 불과 2㎞ 남짓하다. 그런데 파도의 높이가 현저하게 다르다.

"뭐야? 이럴 수도 있는 건가?"

혹시 잘못 본 것이 아닌가 싶어 눈을 비볐다.

하지만 현실이다. 320함이 출동해야 할 방향은 나갔다간 곧바로 침몰할 지경이다.

반면 남쪽은 잔잔하여 항해하기 딱 좋다.

"뭐야, 이건? 구조하러 가지 말라는 하늘의 뜻인가?"

같은 시각, 지나 해경은 사고해역을 향해 전속력으로 이동 중이다. 시속 16노트의 속력이다.

참고로 시속 16노트는 30㎞/h 정도 된다.

불행히도 사고 해역은 산동반도에서 265km나 떨어진 곳이다. 따라서 아무리 빨라도 8시간 이상 걸린다.

고기 잘 잡힌다고 너무 멀리까지 간 것이다.

아무튼 오늘은 2014년 2월 24일이다. 기온은 2℃이다. 도착하면 저체온증으로 목숨을 잃은 시신만 가득할 것이다.

"함장님, 출동 안 해도 된답니다."

부함장의 보고를 받은 소현식 경정은 말없이 남쪽 바다를 손으로 가리켰다.

"헉! 이건 대체 무슨 현상입니까?"

조 경위가 도저히 믿을 수 없다는 표정을 짓는다. 광란과 고요가 공존하는 바다를 보고 있으니 어찌 안 그렇겠는가!

"되놈들 구해주지 말라는 하늘의 계시!"

"세상에, 맙소사! 어떻게 이런 일이……!"

조 경위뿐만이 아니다. 320함의 모든 해경이 생전 처음 보는 광경에 입을 딱 벌리고 있다. 젊은 친구 중 일부는 휴대폰을 꺼내 이 놀라운 광경을 녹화하는 중이다.

이때 함장이 마이크를 잡는다.

"함장이다! 320함의 모두에게 전한다! 우리는 조금 전 어젯밤 우리 동료를 실종케 한 지나 어선 200여 척이 침몰한 해역으로 출동하라는 명을 받았다!"

함장의 음성이 울려 퍼지자 모두들 귀를 쫑긋 세운다. 원수를 구하러 가라는 소리를 들은 때문이다.

"본 함은 저 파도를 뚫기 힘들다 판단했다! 하여 본청의 명령에도 불구하고 출동할 수 없음을 보고한 바 있다!"

"……!"

모두들 어떤 지시가 내려왔을지 충분히 짐작한다.

지나 어선을 단속하고 나면 칭찬보다 지적이 많았다. 해경 사망사고 이후 총기 사용허가가 내려왔다.

그래놓고는 최대한 자제할 것을 명한다.

지나 어선이 해경 경비함을 들이받고 난동을 피웠음에도 선장과 선원을 그냥 풀어주기도 했다.

따라서 본청에선 파도가 험하더라도 출동하라는 명을 내렸을 것이란 생각을 했다. 하여 투덜거렸다.

"쓰벌 놈들! 그 새끼들을 왜 우리더러……."

이때 함장의 말이 이어진다.

"본청에선 예상대로 재차 출동을 명했다! 해서 본 함장은 저 바다를 동영상으로 찍어 보냈다!"

"……!"

해경들은 설마 저런 바다를 뚫고 가라는 명령은 내리지 않겠지 하는 표정을 짓는다. 그랬다면 정말 미친놈들이다.

남의 나라 불법조업 어선의 어부들을 구하라고 자국 해경의 목숨을 험난한 파도 앞에 내던지는 꼴이 되기 때문이다.

"방금 전 본청으로부터 연락을 받았다! 파도가 너무 심하니 잠잠해질 때까지 대기하라고 한다!"

"와아아아아! 와아아아!"

가기 싫은데 잘되었다. 꼴도 보기 싫은 놈들이기에 그런 기분은 더하다. 그런데 안 가도 된다니 모두들 함성이다.

"제군 중 잔잔한 바다를 찍은 사람도 있을 것이다! 본 함장은 그것을 삭제하여 줄 것을 요구한다!"

"……!"

이런 신기한 현상은 당연히 텔레비전에 방영되어야 한다고 생각한 해경들은 무슨 소린가 하는 표정으로 바뀐다.

"다만 광란하는 바다는 찍어도 좋다!"

"와아아아! 와아아아!"

또 한 번 함성이 울려 퍼진다. 무슨 뜻인지 알았다는 의미의 함성이다.

CHAPTER 11

아! 진짜 더럽게 많네

"주인님, 빨리 가야 할 것 같아요. 안 그러면 이 냄새나는 애들 다 죽을 거 같아요."

"그래? 아, 산소 부족이구나. 알았어. 텔레포트!"

눈에 보이지 않던 현수의 신형이 사라진다. 그와 동시에 광란하던 바다는 언제 그랬느냐는 듯 잠잠해진다.

"헐! 바다가 괜찮아졌습니다. 본청에 보고할까요?"

"…아니. 바다는 아직도 광란하는 중이다."

"네? 그게 무슨……? 보십시오. 저렇게 잔잔합니다."

"아니. 앞으로도 최하 8시간은 계속해서 미친 듯한 파도가

치고 있다. 따라서 본 함은 출동이 불가하다."

"아! 알겠습니다."

조 경위의 고개가 크게 위아래로 움직인다. 함장의 의도를 읽은 것이다.

같은 순간, 현수는 여러 나라를 거쳐 연옥도로 이동하고 있다. 지나 → 이라크 → 리비아 → 콩고민주공화국 순이다.

전에 비하면 확연히 거점이 줄어들었다.

"아아악! 아아아아악! 저리 가! 저리 가란 말이야!"

"아악! 제발! 아아악! 아아아아악!"

연옥도에 당도하자 비명이 난무하고 있다. 여기저기서 고통에 겨워 데굴데굴 구르고 있다.

나뭇가지를 떼어내 필사적으로 휘두르는 녀석들도 있다.

"저리 가! 저리 가! 오지 마! 오지 말란 말이야!"

"아악! 사, 사람 살려! 앗! 악어야, 악어! 아아악!"

물가로 도망쳤던 자가 악어에게 물려 물속으로 끌려들어가는 중이다. 하지만 돕는 자는 하나도 없다.

모두가 제 한 몸 간수하기에도 바쁘기 때문이지만, 원래 이 기적이라 아무 일 없어도 구경만 하고 있었을 것이다.

"아악! 마법사님, 살려주십시오! 제발 살려주십시오! 아악! 아아아아아악!"

현수를 발견하고 도움을 청하던 자가 타란툴라 호크에게 쏘인 후 바닥을 나뒹군다.

눈물, 콧물, 침, 땀이 범벅이 되어 흙투성이이다.

어젯밤, 잠들기 전까지만 해도 이런 일이 일어날 것이라곤 상상도 못했을 것이다.

비싼 술에 기름진 안주를 먹으며 조직원들이 데려온 한국 여자를 품고는 온갖 폼 다 잡았을 것이다.

조금 더 조직원들을 쥐어짤 생각이었다. 그러면 상부에서 인정하여 더 높은 지위를 얻는 날이 올 것이다.

그런데 지금은 완전히 발가벗은 채 미친놈처럼 나뒹구는 중이다. 인간 이하의 모습이다.

"흐음, 예상대로군. 좋아!"

말을 하며 존재감을 드러내자 타란툴라 호크들이 일제히 물러난다. 하지만 고통이 금방 사라지는 것은 아니다.

여전히 여기저기에서 나뒹굴고 있다.

"아공간 오픈! 출고!"

"푸하아아! 냄새 때문에……. 주인님, 얘들 대체 뭐예요? 인간 맞아요? 가축도 이런 냄새는 안 나는데."

되놈 어부들의 냄새에 질렸는지 고개를 설레설레 흔든다.

"언락!"

삐꺽—! 와당탕! 와당탕탕!

"어떤 새끼야?"

"뭐야? 여긴 대체 어디야?"

"어라! 바다였는데 갑자기 웬 정글? 여긴 어디야?"

컨테이너에서 쏟아져 나온 어부들은 어리둥절한 표정이다. 그러다 사방에서 나뒹구는 녀석들을 보았다.

"저건 또 뭐하는 잡종들이야?"

"그러게. 왜 빨가벗고 지랄들이지?"

"혹시 단체로 미친놈들 아닐까?"

"뭐? 미친놈?"

흠칫거리며 먼저 온 놈들로부터 떨어지려 한다.

이때 현수의 음성이 들린다.

"모두 들어라!"

"……!"

음성에 따라 시선을 든 어부들은 황당하다는 표정이다. 그도 그럴 것이, 사람이 허공에 떠 있으니 어찌 안 그렇겠는가!

"지금부터 10초의 시간을 준다. 실오라기 하나도 허용하지 않겠다. 걸친 것 모두를 벗는다. 실시!"

"저건 또 뭐라는 거야?"

"그러게. 여긴 날아댕기는 미친놈도 있나봐."

"야! 이거 꿈 아닐까? 이거 말이 돼? 배가 침몰했는데 갑자기 정글이고, 날아다니는 놈이 있어."

몽땅 벗으라는 현수의 말은 완전히 씹혔다. 단 한 녀석도 옷을 벗지 않는 것이다.

"체인 라이트닝!"

번쩍, 번쩍, 번쩍—!

콰릉, 콰르릉, 콰르르르릉—!

"으악! 캑! 컥! 아악! 크윽! 으으으! 케엑!"

일곱 녀석이 쓰러져 바들바들 떤다. 마나의 양이 아까보다 약간 늘어서이다.

"모두 옷을 벗으라 하였다."

현수의 음성이 벼락처럼 울려 퍼진다. 마나의 농도를 조금 높이니 거의 포탄 터지는 수준이 되어버린 것이다.

"지금 즉시 옷을 벗지 않는 자는 벼락 맞아 죽을 것이다. 체인 라이트닝!"

잠시 시간을 두고 마법을 구현시키자 섬광과 더불어 낙뢰음이 터져 나온다. 물론 일곱 녀석이 또 쓰러졌다.

이번엔 더 강력했는지라 머리카락에서 김인지 연기인지 알 수 없는 것이 모락모락 피어오른다.

충격이 강했는지 기절한 듯한데 몸은 부들부들 떨고 있다. 장난이 아님을 깨닫고는 옷을 벗기 시작한다.

"가장 늦게 벗는 자는 아나콘다의 먹이가 될 것이다."

지옥도와 연옥도, 그리고 징벌도 인근에 서식하는 악어와

아나콘다는 몹시 굶주린 상태이다.

얼마 안 되는 먹이는 이미 다 먹어치운 때문이다.

그렇기에 계속해서 서식하게 하려면 일정한 간격으로 적당한 영양이 공급되어야 한다.

현수가 데려다 놓은 삼합회 조직원 896명 가운데 21명은 이미 목숨을 잃었다.

타란툴라 호크의 공격을 피하려 이동하다 물가로 가게 되어 굶주린 악어와 아나콘다에게 잡아먹힌 것이다.

"벗어놓은 옷은 한곳에 모아놓도록 하라."

현수는 모두가 발가벗고 입었던 의복을 산더미처럼 쌓아놓자 다시 입을 열었다.

"너희는 대한민국의 영해를 침범하여 불법조업을 일삼았다. 하여 그에 대한 처벌로 이곳 연옥도에 수감되었다. 이 섬을 벗어나려 하면……."

아까의 설명을 또 해주었다. 모두들 설마 하는 표정이다.

그러거나 말거나 할 말 다 한 현수는 모아놓은 의복과 빈 컨테이너를 아공간에 담았다.

"그럼 그간 지은 죄에 대한 대가를 치러라! 텔레포트!"

현수의 신형이 사라지고 잠시 후, 타란툴라 호크들의 공습이 시작되었다. 20만 마리가 총출동했다.

"아악! 이게 뭐야? 아악! 아파! 엄청 아파! 아아악!"

"으아악! 마, 말벌이다! 오지 마! 오지 말란 말이야."

"야야! 비켜! 비키라고! 으아아아!"

"아앗! 악어다! 진짜 악어야!"

"크엑! 여, 여긴 아, 아나콘다야! 으아아아아!"

난리가 벌어졌다. 새로 전입 온 1,527명의 지옥과 같은 운명이 시작되는 순간이다. 먼저 와서 아직 살아남은 875명과 합치니 연옥도의 인구는 2,402명이나 된다.

* * *

"자기, 어딜 다녀왔어요? 근데 옷은 왜 젖었어요?"

현수가 서재에서 나오자 지현이 놀라는 표정을 짓는다.

한숨 자고 나니 안 보여서 찾았다. 혹시 외출했나 싶어 인터폰으로 경비원들에게 제공한 컨테이너에 연락해 보았다.

현수는 외출하지 않았다고 한다. 그렇다면 마법으로 어디를 간 것이다. 그렇게 생각하고 기다렸다.

그런데 홀딱 젖은 모습이니 놀란 것이다.

"아! 잠깐 바닷바람 좀 쐬고 왔지. 나 샤워부터 할게."

또 씻었다.

"대체 하루에 몇 번을 씻는 거야? 하여간 귀찮게 하는 데 뭐 있는 놈들이야."

샤워를 마치고 나오니 지현이 따끈한 코코아를 건넨다.

"이거 마셔요."

"맛있겠네. 고마… 역시 자기밖에 없어."

사랑하는 사람끼리는 고맙다는 말과 미안하다는 말을 하지 말자고 했기에 얼른 말을 바꾸었다.

"쳇! 언니밖에 없다구요?"

시선을 돌려보니 이리냐가 토라져 있다.

"내가 말을 잘못했네. 역시 마누라들밖에 없어."

"어머! 우리가 이제 마누라예요?"

연희의 눈이 동그랗다. 왠지 늙었다는 느낌 때문이다.

"마누라가 어때서? 이거 아내를 비하하는 뜻 아니야. 마누라는 말이지……."

잠시 설명이 이어졌다.

마누라는 조선시대 때부터 사용되던 말이다.

처음엔 '대대 마노라', '대전 마노라', '선왕 마노라' 처럼 마마와 혼용되어 쓰이던 극존칭이었다.

그러다가 늙은 부인, 또는 아내를 가리키는 낮춤말이 되었다. 이는 조선 왕조가 쇠퇴하면서 봉건시대가 막을 내리기 시작할 무렵의 일이다.

같은 시기에 종2품과 정3품을 이르던 '영감' 이라는 말도 나이 먹은 노인을 가리키는 것으로 변했다.

계급사회의 몰락과 함께 특정인을 지칭하던 말도 점차 그 의미가 낮아진 것이다.

"그래도 앞으로 마누라라고 부르지 말아요."

"싫어? 그렇다면……."

현수가 뭐라 하려 할 때 연희가 말을 자른다.

"지현 마노라, 연희 마노라, 이리냐 마노라라고 부르는 건 괜찮아요. 호호호!"

"호호! 그거 좋네요. 왠지 왕비가 된 느낌이에요."

"헐! 마노라 발음하기가 쉬운 줄 알아?"

"우리같이 예쁜 마노라를 데리고 살려면 그 정도는 감수하셔야죠. 더구나 하나도 아니고 셋씩이나!"

지현의 말에 현수는 말문을 닫았다. 할 말 없기 때문이다.

"그런데 식사는 하셨어요?"

"아니, 아직."

"뭐예요? 지금이 몇 신데 아직도 아침을……. 잠깐만 기다리세요. 금방 차려드릴게요."

지현이 일어서자 연희와 이리냐도 동시에 주방으로 향한다. 식재료들을 지지고 볶고 삶고 데치면서 서로 간의 정을 키우기로 약속한 때문이다.

언제까지 요리나 설거지, 빨래를 함께할 수 있을지는 모른다. 저택으로 들어가면 사용인들이 해줄 것이기 때문이다.

그전까지는 모든 일을 공동으로 하기로 약속했다.

현수는 따끈한 코코아를 마시며 TV를 켰다.

"속보를 말씀드립니다. 어제 실종된 해경대원의 시신이 발견되었습니다. 시신은……."

전문가들의 예상대로 저체온증이 사망 원인이라고 한다. 해경은 일 계급 추서하고 해경장으로 장례를 치른다고 한다.

다음 뉴스는 격렬비열도 인근 해역에서 침몰한 지나 어선에 관한 것이다.

긴급 출동한 지나 해경이 사고해역에 당도하려면 출발로부터 9시간이 소요된다고 한다. 너무 시간이 많이 걸리므로 우리 해경에게 긴급 구조를 요청했다.

하여 출동하려 했지만 파고가 너무 높아 출동할 수 없는 상황이라고 보도했다.

자료 화면으로 높이 15m짜리 대형 파도를 보여준다.

그야말로 미친 듯 파도치는 바다이다. 누가 봐도 저 상태에서 배를 띄우는 건 미친 짓이라고 할 만하다. 함장이 잘 찍어서 320함에서 직접 찍었다는 것이 확연히 드러난다.

또 전문가들이 나타나 의견을 주고받는데 이번에도 저체온증으로 사망자가 많을 것이라는 의견이다.

다음 전문가는 의문의 침몰사건을 지적했다. 파고가 높은 것도 아니고 인근해역에 암초가 있는 것도 아니다.

그럼에도 불구하고 226척이나 되는 어선 전부가 침몰한 것은 참으로 미스터리한 일이라고 평가했다. 전례가 없는 일인지라 전문가라 해도 딱히 할 말이 없는 것이다.

한창 전문가 의견을 듣고 있는데 갑자기 화면이 바뀐다.

"긴급 보도를 드립니다. 이 시각 현재 지나 어선 300여 척이 북방한계선인 NLL 근해 우리 수역으로 들어와 불법조업을 하고 있습니다."

기자의 보도 이후 헬기에서 찍은 영상이 보인다.

보도는 계속되었다. 지나 어선들이 어떤 방법으로 우리 수역을 유린하는지 설명한 것이다.

처음엔 백령도 북방의 북한 수역으로 진입한다. 이후 NLL선을 따라 동·서로 이동하면서 조업한다.

북한이 관할하는 수역이기에 우리에겐 단속 권한이 없다.

그러다 어장이 좋은 연평도 북방에 도착하면 야간에 NLL 남쪽 우리 수역으로 넘어와서 조업한다.

참고로 우리 어선들은 주간에만 조업한다.

이들은 연평도의 황금어장을 싹 쓸어간다. 불법 저인망으로 해저 바닥을 그물로 긁어서 치어까지 잡는 것이다.

성어기가 되면 수심이 얕아 우리 해군 고속정이 접근할 수 없는 우도(연평도 동방) 근해까지 진입하여 조업한다.

일일 평균 200~300척이며, 연중무휴로 들어온다.

그런데 단속이 어렵다.

NLL선을 넘어와서 조업을 하다가도 해경, 또는 해군 함정이 접근하면 곧바로 북한 수역으로 도주하기 때문이다.

설명을 마친 후 다시 불법조업 중인 어선들을 보여준다.

"아, 진짜 더럽게 많네."

현수가 투덜거린 말이다. 화가 나 들고 있던 코코아 잔을 내려놓고는 지도를 펼쳤다.

"아리아니, 또 가야 해."

"설마 냄새나는 놈들 또 잡으러 가는 건 아니죠?"

"한 번만 더 하자. 응? 당근주스와 식혜 줄게."

"으음, 그럼 먼저 줘요. 그놈들 냄새 맡으면 못 먹을 거 같아요."

"알았어. 잠깐만."

화장실로 들어가 당근주스와 식혜를 꺼내서 건넸다.

"지현 마노라, 나 잠깐 나갔다 올게."

"또 나가요?"

"응. 금방 올 거야."

"알았어요. 다녀오세요."

"그래. 텔레포트!"

현수의 신형이 거실로부터 사라졌다.

"읏차! 플라이."

예상 해역에 당도한 현수는 헬기부터 찾았다. 어선이 침몰하는 장면 등이 찍히면 안 되기 때문이다.

아까보다 바람이 조금 더 세져서 그러는지 보이지 않는다.

"잘되었군. 아리아니, 준비됐지?"

"네. 마스크 두 겹으로 꼈어요."

전능의 팔찌로 투명 은신 마법을 펼쳐 몸부터 감췄다. 그리곤 불법조업 중인 지나 어선들을 침몰시키기 시작했다.

"싱크! 싱크! 싱크! 싱크! 싱크! 싱크! 싱크!"

가까이 있던 어선부터 침몰하기 시작한다. 그러면서 허우적거리는 놈들을 아공간에 담기 시작했다.

약 한 시간 만에 318척에 달하는 어선 모두가 수장되었다. 아공간에 담긴 놈들의 수효는 1,581명이다.

간신히 떠서 허우적거리는 놈들은 2,000명쯤 된다. 배에서 빠져나오지 못했거나 익사한 수효는 약 400명이다.

NLL 인근해역을 떠나 연옥도로 가보니 비명 천국이다. 모두들 고통에 겨워 땅바닥을 나뒹굴고 있다.

그러거나 말거나 1,581명을 홀딱 벗겨 풀어놓았다. 어제까지 아무도 없던 연옥도의 주민 수가 3,983명이 되었다.

이들 모두 지독한 고통에 시달리다 하나둘 악어나 아나콘다의 먹이가 될 것이다. 악어나 아나콘다 역시 이들에게 잡혀

식량이 된다. 뭐든 먹는 족속이니 잡아먹는 것이다.

문제는 악어나 아나콘다의 숫자가 많다는 것이다. 게다가 마땅한 식량도 없다. 그리고 타란툴라 호크에게 거의 매일 쏘이면서 조금씩 기력을 잃게 된다.

결국 언젠가 연옥도는 다시 비게 될 것이다.

남의 나라에 와서 폭력을 휘두르는 놈들이나 남의 영해까지 침범하여 마구잡이 싹쓸이를 하는 자들에겐 알맞은 처벌이다.

"다녀왔어!"

"에고, 옷이 또 젖었네요. 대체 어디를 갔다 오기에 매번 이렇게 젖은 거예요?"

현수의 젖은 옷을 수건으로 닦는 연희가 한 말이다.

"내가 간 쪽엔 비가 좀 와서. 배가 고프네."

"조금만 기다리세요. 데워서 내올게요."

잠시 후 현수는 푸짐한 밥상을 받았다.

밥을 먹고는 보드게임도 하고 마법도 전수했다.

우미내 마을에 어둠이 내리자 불이 꺼진다. 그리고 아무 일도 없었다. 모처럼 조용한 밤이다.

그러는 내내 지나 쪽은 난리법석이다.

하루에 어선 544척이 침몰했다. 원인 미상이다.

어선에 타고 있던 인원은 격렬비열도 쪽 2,825명, NLL 쪽

3,975명이다. 합계 6,800명이다.

이 중 생존자는 세 명뿐이다. 나머지는 저체온증으로 목숨을 잃었거나 실종되었다.

NLL 해역은 남북한 모두의 협조를 얻지 못하였다. 서로 대치하는 상황이기 때문이다.

현재 지나 해경과 해군은 물론이고 민간 선박까지 총동원되어 사고해역 인근을 샅샅이 뒤지고 있는 중이다.

그러나 더 이상의 생존자는 없다.

모처럼 보도할 게 많아진 뉴스채널만 신났다. 해군과 해경의 협조를 얻어 사고해역을 계속해서 찍고 있다.

그렇게 밤이 지났다.

해 뜰 무렵 현수는 리노와 셀다를 데리고 아침 운동을 나갔다. 그리곤 어제처럼 각종 헬스기구를 꺼내 근육을 단련시키고 돌아왔다.

"좋은 아침이야!"

"네, 잘 주무셨어요?"

"그럼. 지현 마노라도 잘 잤지?"

"호호, 네, 잘 기억하시네요. 아무튼 이번 일주일은 활기차게 시작할 수 있을 거 같아요. 기분이 너무 좋아요. 주말에 자기랑 있어서 그런가 봐요. 우리가 살 집에도 가보고요."

"그래? 다행이네. 연희와 이리냐는?"

"둘 다 씻는 중이에요. 자기는 신문이라도 보고 계세요. 식사 준비 할게요."

"그래."

그렇지 않아도 뭐라 보도해 놓았을지 궁금하다.

하여 신문을 펼쳤다. 예상대로 1면 톱은 지나 어선의 의문의 침몰사건에 관한 것이다.

온갖 썰을 풀어놨다. 바다 속에 크라켄[10] 같은 괴물이 있어 배들을 침몰시켰을지도 모른다는 황당한 내용도 있다.

불법조업 지나 어선 침몰 544척!
사망 또는 실종 6,797명!

큰 제호 아래 어제 일어난 사건이 나열되어 있다.

격렬비열도 인근 사고부터 원인 모를 무지막지한 풍랑의 이야기가 묘사되어 있다.

자료사진으로 동영상 안의 높이 15m짜리 파도가 게시되어 있다. 사고현장에 둥둥 떠 있는 잔해의 모습도 있다.

이곳에서 불법조업 중이던 지나 어선 226척 전부가 침몰하

---

10) 크라켄(Kraken) : 북극 바다에 산다고 알려진 거대한 문어 내지는 오징어의 총칭. 전체 길이가 2.5㎞ 이상으로 보통 범선은 간단히 습격해서 선원들을 모두 잡아먹어 버린다고 한다. 18세기 노르웨이의 주교 폰토피탄은 이 괴물의 목격자로서, 내뿜어진 먹물 때문에 주변 바다가 새까맣게 되었다고 기록하고 있다.

였다. 그리고 2,825명이 사망 또는 실종이다.

생존자는 단 한 명도 없다. 사고현장까지 출동하느라 너무 오랜 시간이 걸린 때문이다.

NLL 쪽 사고는 318척 전부 침몰했다. 세 명만 구조했을 뿐 3,972명 사망 내지 실종이다.

이쪽의 사고는 남한과 북한의 특수 관계 때문에 상호 구조대를 파견할 수 없었다.

격렬비열도 쪽으로 향하던 지나 경비함 중 일부가 방향을 틀어 그쪽으로 갔지만 대부분 사망하거나 실종당한 뒤였다.

지나에선 위기에 빠진 자국 어부들을 구하지 않으려고 한국 정부가 수를 쓴 것으로 판단한 듯 거센 비난을 퍼부었다.

이에 해경은 태안 해경 320함에서 찍은 동영상을 인터넷에 공개했다. 함장 소현식 경정이 찍은 것과 젊은 해경이 촬영한 것들이라 여러 버전이 있다.

누가 봐도 그 상태에서는 출항이 불가능하다. 구조하러 가다가 구조함이 먼저 침몰할 지경인 것이다.

날짜와 시각 등도 확인할 수 있어 지나 쪽에선 이에 대한 반론을 내놓지 못하는 상황이다.

NLL 해역에서 구조된 지나 어부 세 명은 갑자기 배들이 바닷물 속으로 빨려들어 갔다고 증언했다.

한꺼번에 일어난 일이 아니라 한국 영토에 가까운 쪽에 있던 것부터 차례대로 일어난 일이다. 그렇기에 뒤쪽에서 조업 중이던 어선에서 긴급하게 타전할 수 있었다고 한다.

거대 문어와 같은 해양생물은 보지 못하였다. 바람은 세지 않았고, 파도는 잔잔했음도 증언했다.

많은 전문가가 나서서 사상 초유의 사태에 대한 다각적인 분석을 내놓았지만 정황에 딱 맞아떨어지는 의견은 없었다.

한 가지 확실한 것은 있다.

한국 영해를 수시로 드나들며 어족자원을 싹쓸이하던 어선 대부분이 침몰하였다는 것이다.

말은 안 했지만 한국인 어부들은 쌍수를 들어 환호하고 있다. 뭔가 더 있을까 싶어 인터넷에 접속하니 기사에 달린 댓글들이 무수하다.

쌍노무 새끼들. 잘 뒈졌다!

불법조업 하지 말라 했음에도 말 안 듣더니 쌤통이다.

천벌이다, 이 뙤놈들아!

삼가 지옥왕생을 감축한다, 개놈들아!

와아아! 만쉐이! 만쉐이~!

쌤통이다, 뙤놈의 자식들아!

축! 침몰! 이젠 뭐로 불법조업 할 건데? ㅋㅋㅋ

인명의 소중함에 대해 언급한 것도 있지만 거의 모든 댓글이 환호 일색이다. 불법조업을 하는 지나 어선에 대한 반감이 컸던 때문일 것이다.

그리고 수시로 우리 정부에 부당한 압력을 행사하던 지나 정부에 대한 반감 때문이기도 하다

접속한 김에 메일을 확인했다.

"응? 그로모프 교수님이?"

미하일 그로모프 뉴욕대 교수의 메일을 클릭했다,

친애하는 김현수님께.

귀한 곡을 써주셨음에 깊은 감사를 드립니다. 정말 기대도 하지 않은 일이기에 놀라움이 컸습니다.

조카 녀석이 얼마나 좋아하는지 동영상으로 찍어둘 것을 하는 생각이 들 정도로 펄펄 뛰더군요.

윌리엄이 보내주신 곡을 1차 녹음했다고 합니다. 들어보니 정말 명곡이더군요. 다시 한 번 찬사를 보냅니다.

녹음 파일을 첨부하였습니다. 들어보시고 지적해 주시면 기꺼이 따르겠다고 하더군요.

다시 한 번 김현수님의 후의에 깊은 감사를 드립니다. 다가오는 8월에 건강한 얼굴로 다시 뵙기를 기원합니다.

미하일 레오니도비치 그로모프가 마음을 담아서.

CHAPTER 12

엘프주 1,000통의 의미

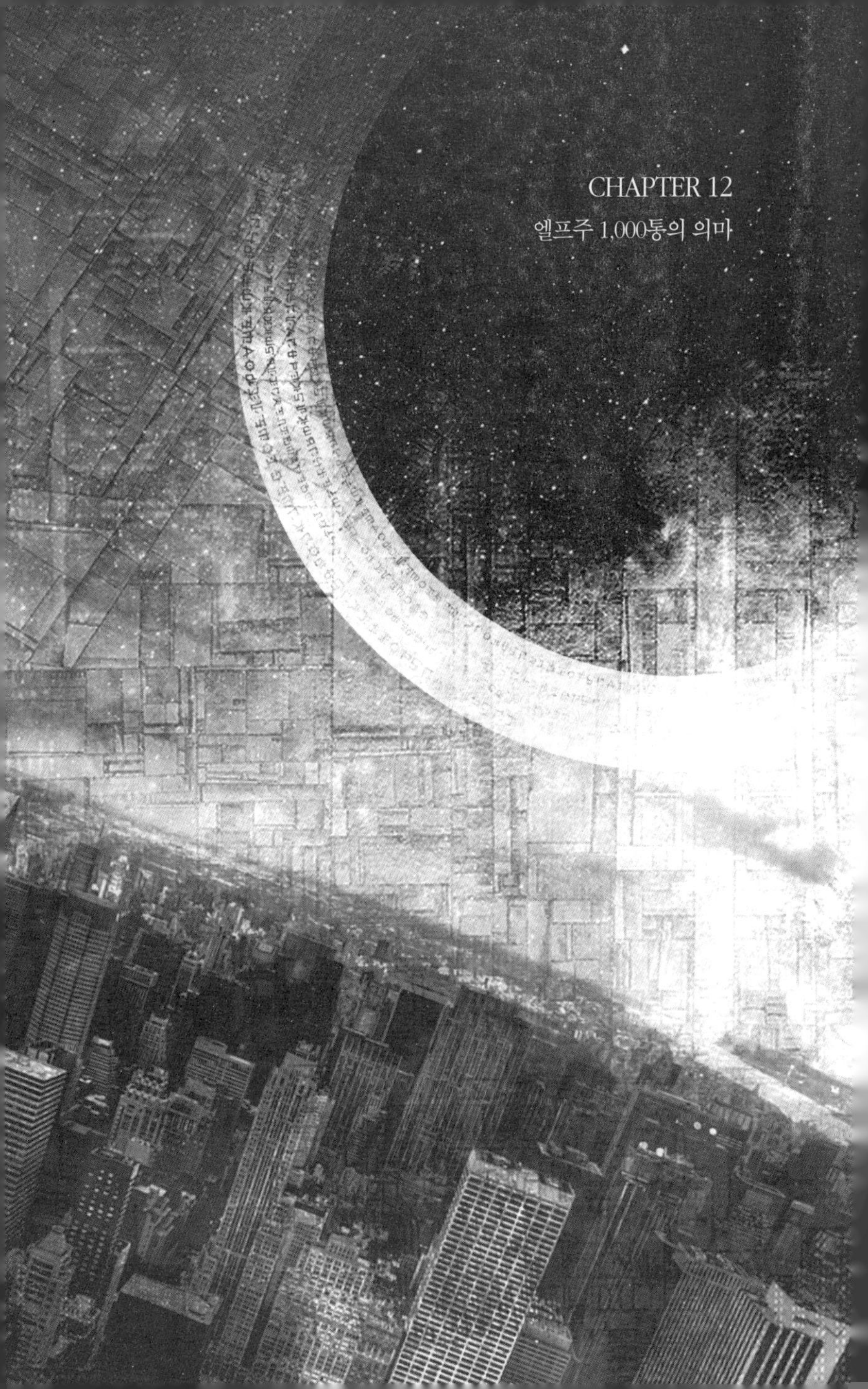

"흐음, 어디 보자."

첨부파일을 저장했다. 그리곤 파일을 재생시켰다.

♬♪~♬♬~

윌리엄은 젊다. 그렇기에 이번에 만든 곡은 경쾌한 느낌이 나도록 박자를 빨리했다.

전주에 이어 감미로운 음성이 흘러나온다.

작곡하면서 생각했던 바로 그 음색이다. 들어보니 가수를 꿈꿀 만큼 재능이 있는 듯하다.

"이런 건 혼자 들으면 안 되지."

헤드폰을 내려놓고 모두가 들을 수 있도록 음량을 키웠다.

그러자 즉각 반응이 온다.

“어머! 이거 누구 노래예요?”

“어때? 듣기 좋지?”

“처음 듣는 멜로디인데, 좋아요.”

“자기야, 이것도 자기야가 작곡한 거예요? 듣기 좋아요.”

“현수 씨, 이건 전에 허밍으로 부르던 그 곡이잖아요?”

윌리엄의 노래를 듣고 셋이 한 이야기이다.

“어때, 괜찮아?”

“네, 노래는 잘 부르는데 반주가 조금 더 풍부했으면 해요. 뭔지 조금 허술한 느낌이 들어요.”

음악 애호가인 연희의 말에 고개를 끄덕였다.

“그렇지? 나도 그런 걸 느꼈어. 보컬을 돋보이게 할 반주가 필요해. 어떤 악기가 좋을까?”

“해금이나 태평소 어때요? 특이한 음색이잖아요.”

“해금과 태평소?”

“네, 녹음할 때 음량만 조금 줄이면 될 것 같은데요? 3도 화음으로 따라가다 조금씩 변화를 주면 괜찮을 것 같아요.”

“그래? 알았어. 잠깐만.”

연희의 의견은 고스란히 반영되었다. 태평소와 해금으로 화음을 넣으니 부드러운 음색이 더욱 부드럽게 느껴진다.

현수는 녹음파일을 첨부하여 자신의 의견을 이메일로 보냈다. 세상에 발표하기 전에 한 번 더 녹음하여 들려달라는 요구사항도 적었다.

이 노래의 제목은 'In the Moonlight' 이다. 직역하면 '달빛 속에서' 라는 뜻이다. 의역하면 '달빛에 젖어' 가 될 것이다.

사랑에 빠진 젊은 청년이 창턱에 걸터앉아 은은한 달빛 속에서 애인과의 즐거웠던 데이트를 노래하는 곡이다.

'사랑은 비를 타고' 라는 고전 영화의 OST Singing in the rain처럼 흥겹고 발랄하며 경쾌한 곡이다.

지현과 연희, 그리고 이리냐가 밥상을 차리다 말고 나온 이유는 너무도 감미로운 목소리와 아름다운 선율 때문이다.

다시 말해 여자들의 마음을 사로잡는 곡인 것이다.

메일을 보내놓고 접속을 해제하려는데 새 메일이 왔다.

"아차!"

깜박 잊고 있던 기억을 떠올린 현수는 얼른 클릭하여 내용을 살폈다.

예상대로 이실리프 트레이딩의 윌슨 카메론이 보낸 것이다. 건물 매입 대금과 개보수 공사비용을 지불해야 한다고 한다.

"이리냐! 이리냐!"

"네!"

"빨리 이리와 봐."

음식 만들다 불려나온 이리냐는 컴퓨터 앞에 앉아서 계좌 이체 작업을 해야 했다.

건물 매입비용 및 개보수비용 600만 달러와 주식 매매 자금 1,000만 달러가 즉시 송금되었다.

해외의 외국인계좌에서 송금되는 것인지라 국내엔 보고할 필요가 없는 돈이다.

"쩝, 졸지에 신용 없는 사람이 되어버렸군."

워낙 바빠서 늦게 송금하였다는 내용을 이메일로 보내자 즉각 답장이 온다.

고맙다는 내용과 지시한 대로 일을 추진하겠다는 것이다.

아울러 20명의 직원 전부를 채용했고, 현재 옛 감각을 되찾기 위해 노력하는 중이라 한다.

그들의 인적사항에 대한 파일도 첨부되어 있다.

이것을 열어보니 윌슨 카메론 본인과 옛 동료 에머슨을 포함한 20명의 상세 이력서가 담겨 있다.

모두들 쟁쟁한 대학 출신들이다.

그럼에도 월가에서 밀려난 건 유태인이 아니라는 이유이거나 그들의 눈 밖에 난 때문일 것이라 생각했다.

다음 페이지를 보니 이들이 현 상황에 이르게 된 자세한 내용이 기록되어 있다. 예상대로 월가를 장악한 유태인들의 정책에 반대한 것이 이유가 되어 해고되었다고 한다.

첨부파일엔 건물 1층에서 식당을 운영하던 리사의 이력도 있다. 이실리프 트레이딩 식구들의 음식을 책임지게 될 것이므로 보고내용에 포함된 것이다.

빌딩의 4층과 5층에는 각기 두 가구씩 살고 있었다.

리사와 두 딸은 4층에 살았다.

나머지 한 가구와 5층 두 가구의 공통점은 실업수당으로 연명하는 중이라는 것이다. 윌슨은 이들을 건물 관리인의 청소부, 그리고 안내인으로 썼으면 한다고 보고했다.

어차피 필요한 인원이므로 그렇게 하라는 답신을 보냈다.

이실리프 트레이딩의 직원이 되었으므로 그들이 내던 방세를 면제해 주라는 내용도 포함되어 있다.

아울러 로사의 주방을 새롭게 하는 데 들어가는 비용 또한 회사 돈으로 지불하라 하였다.

그사이에 송금된 액수를 확인했는지 감격에 찬 메일이 들어와 있다.

보스!

저희에게 보여주신 전격적인 신뢰에 대하여 깊은 감사를 드립니다.

저를 비롯하여 에머슨 등 24명은 보스의 기대에 부응하도록 혼신의 노력을 다할 것임을 굳게 다짐합니다.

다시 뵙게 될 그날까지 내내 건강하시고 안녕하시길 기원 드립니다. 감사합니다!

윌슨 카메론 올림.

"이제 슬슬 시작인가?"

현수는 유태 자본을 어떻게 망가뜨릴지를 고심했다. 야금야금 빼먹는 방법과 한 번에 무너뜨리는 방법 두 가지이다.

"금을 써먹어야 하는 건가?"

달러화, 유로화, 엔화, 위안화는 세계 경제를 좌지우지하는 화폐들이다. 이것들의 가치가 휴지처럼 급락하면 상대적으로 가치 급등되는 것이 있다.

바로 황금이다.

위에 언급된 화폐들은 이미 태환[11] 기능을 잃었다. 거기에 가치마저 급락하면 세계 경제는 엉망진창이 될 것이다.

수없이 많은 회사가 망할 것이다.

그곳에서 근무하던 이들 모두 실업자가 되어 당장의 생계를 걱정해야 하는 처지가 된다. 아마도 한국이 경험한 IMF는 상대가 안 될 대공황이 들이닥칠 것이다.

인류가 경험한 대공황은 1929년 10월 24일, 뉴욕 월가(街)

---

11) 태환(兌換) : 은행권, 또는 정부 지폐와 상환하여 동액의 정화(正貨)를 지급하는 제도. 정화란 금을 의미함.

의 '뉴욕 주식거래소'에서 주가가 대폭락하면서 시작되었다.

1933년 말까지 거의 모든 자본주의 국가들이 여기에 말려들었으며, 여파는 1939년까지 이어졌다.

기업 도산이 속출하여 실업자가 늘어나 그 수가 전 근로자의 약 30%에 해당되었다.

이것의 원인에 대해서는 많은 의견이 있는데 두 가지로 추측해 볼 수 있다.

첫째는 미국의 통화량 감소이다.

누군가 돈을 틀어쥐고 풀지를 않았다. 그 누군가가 누구인지는 쉽게 추론된다.

둘째는 소비와 투자의 감소로 인한 경기 침체이다.

돈이 돌지 않으니 이럴 수밖에 없는 상황이었을 것이다.

미국은 연방준비은행 FRB의 금괴 8,000톤과 포트 녹스에 보관되어 있던 금괴 8,350톤을 모두 도난당했다.

일본은 일본은행이 보관하고 있던 외환보유고 1조 2,500억 달러 중 1조 달러를 잃어버렸다.

뿐만 아니라 미국 국채 1조 1,300억 달러 중 거의 전부인 1조 1,299억 9,500만 달러가 폭파되었다.

지나 역시 상당량의 외환을 도난당했다.

자금성 뒤 경산공원 인근 중원빌딩 지하 4층에 보관하던 1조 달러 전부를 잃고 폭파되었다.

상해 루쉰 공원 지하에 보관하고 있던 1조 5천억 달러 역시 모조리 사라지고 폭파되었다.

뿐만 아니라 공상은행 각 지점에서 보유하고 있던 금괴 2,189.8톤 전부를 상실했다.

이러한 사실이 알려지면 미국, 일본, 지나는 직격탄을 맞은 것 같은 경제위기로 휘청거리게 될 것이다.

주가는 폭락하게 된다. 기업을 보호해야 할 국가 자체가 위기이니 대공황 때보다도 더한 주가 급락이 예상된다.

현재의 미국은 양적완화정책을 펼친 바 있어 달러화의 유동성이 매우 좋은 편이다.

만일 미국의 각 은행을 방문하여 쌓아놓은 달러화를 수거해 오면 즉각 유동성 위기까지 발생될 것이다.

돈은 안 돌고 주가는 곤두박질치는 상황이 된다.

대공황 때와 같지만 피해는 더 클 것이다. 가진 것이 많으면 불이 났을 때 탈 것이 더 많기 때문이다.

이때 유태인들의 알토란같은 회사들을 땡처리 물건 골라 담듯 주워 담을 수 있을 것이다.

일단 은행은 매입할 계획이 없다.

미국의 대형 은행인 JP모건 체이스, 웰스 파고, 골드만삭스, 모건 스탠리, 뱅크 오브 아메리카(BoA), 시티그룹 등은 모두 망할 것이기 때문이다.

이는 'Bank Transfer Day'를 맞이하여 대대적인 'Move Your Money' 운동이 야기시키는 결과이다.

당신의 돈을 미래가 불확실한 은행에 넣어두지 말고 다른 안전한 은행으로 옮기라는 운동이다.

유태인들의 욕심과 비도덕적인 행태에 환멸을 느낀 누군가가 제창한 이 운동의 결과가 뱅크런 현상이다.

그 누군가는 물론 현수와 관련이 있는 인물이다.

아무튼 그때 미국의 어떤 은행보다도 수수료가 낮은 이실리프 뱅크가 미국에 진출한다.

상륙하자마자 미국 전역에 지점을 낼 이실리프 뱅크에는 남들이 모르는 특징이 있다. 아무리 똑똑하고 유능해도 유태인은 뽑지 않는다는 것이다.

그날 이후 미국의 금융계에는 유태인들이 발붙이지 못하게 될 것이다.

석유 시장도 장차 현수가 장악하게 될 것이다.

먼저 석유 메이저들의 힘부터 빼서 그들의 이득을 최소화시킨다. 이는 석유의 필요성을 줄이면 되는 일이다.

이실리프 모터스에서 발매되는 각종 자동차는 1년에 딱 두 번만 주유하면 된다. 워낙 연비가 좋기 때문이다.

많은 연료를 필요로 하는 선박, 발전소, 각종 공장 등의 엔진, 또는 보일러의 효율이 좋아지면 소비량은 급감한다.

수요가 줄면 공급가는 당연히 떨어지게 되어 있다.

게다가 공급량까지 늘릴 수 있다.

북한의 숙천유전은 남한이 필요로 하는 모든 양을 댈 수 있을 만큼 매장량이 풍부하다.

한국은 세계 5위 석유 수입국이다. 이런 나라가 어느 날부터 하나도 수입하지 않으면 어찌 되겠는가!

물량이 남아도니 공급이 수요를 앞지르게 되는 것이다.

이처럼 석유의 소비는 줄이고 공급만 늘어나게 하는 현상을 만들어낼 수 있다.

기업엔 고정비용이라는 것이 있으므로 수요가 12분의 1로 떨어지면 그들이 취하던 이익은 20분지 1 이하로 떨어진다.

어쩌면 100분지 1 이하가 될 수도 있다.

이것은 석유 메이저들의 몰락을 의미한다. 영향력이 줄어들기 때문이다.

식량도 마찬가지이다.

이실리프 농장에서 생산해 낼 무지막지한 곡물은 아주 싼 값에 공급될 것이다. 원가가 싸니 손해 보는 일은 아니다.

2013년엔 경기 침체 속에서도 미 달러화 대비 원화 환율이 하락하였다. 여기에 대풍년이 이어지면서 원자재와 농수산물 가격이 유례없이 큰 폭으로 하락했다.

밀가루, 설탕 등 곡물 가격은 20~30%나 하락했다.

만일 이실리프 농산이 여기에 가세하여 거의 무제한 밀가루와 설탕을 공급한다면 어찌 되겠는가!

곡물 메이저들보다 훨씬 싼값에 매도한다면 그들은 생산가에도 미치지 못하는 가격에 처분해야 할 것이다.

아무도 구매하지 않는 재고는 짐일 뿐이기 때문이다.

그것은 그들의 손실로 이어지고, 이 같은 현상이 매년 빚어진다면 결국 망하는 것은 곡물 메이저가 될 것이다.

참고로, 2013년에 어느 제과업체는 계란 값이 올랐다는 이유로 제품 가격을 11%나 인상했다.

이 제품의 원료 중 밀가루와 설탕이 차지하는 비율은 버터를 포함하여 50%에 이른다. 반면 계란이 이 제품의 원료에서 차지하는 비율은 불과 5%뿐이다.

그런데 소비자 가격만 올린 것이다.

이익만 좇는 후안무치한 기업이라 아니할 수 없다.

참고로, 이 기업의 총수는 한국인이지만 일본에도 같은 이름의 기업이 있다.

이런저런 생각을 하고 있을 때 휴대폰이 부르르 떤다.

"으음, 엄 팀장이네. 여보세요."

"네, 시장님. 엄규백입니다. 지금 국내에 계십니까?"

"그럼요. 무슨 일 있으세요?"

"보고드릴 게 있어서요. 뵈었으면 합니다."

"그러죠. 이실리프 빌딩으로 오세요."

"네, 알겠습니다."

통화를 마치곤 단란한 아침 식사를 했다. 여느 날처럼 지현을 먼저 출근시켜 주었다.

오늘도 남종우, 심계섭, 박태화, 김종철 검사와 마주쳤다. 늘 같은 시각에 출근하는 듯하다.

현수의 차를 발견하고는 먼저 인사한다. 검사지만 자신들보다 훨씬 높은 위치에 있다고 인정해 주는 것이다.

"아이고, 안녕하십니까, 김현수 사장님?"

"아, 네. 안녕하세요? 좋은 아침입니다."

아내의 직장 동료들이다. 하여 반갑게 웃으며 인사를 주고받았다.

"오늘도 권 사무관님 출근시키러 오셨나 봅니다."

"아, 네. 그래야지요. 검사님들도 나중에 결혼하시면 꼭 이렇게 하십시오. 부부 금슬이 아주 좋아집니다. 하하하!"

네 명의 검사는 어처구니가 없다는 듯 대꾸가 없다. 하지만 지현은 아니다. 부끄럽다는 듯 눈을 흘긴다.

지현이 어젯밤 침대에서 있었던 일을 생각했다는 것은 아무도 모르는 사실이다.

"어머, 이이는……."

"뭐? 맞잖아, 우리 금슬 좋은 거. 안 그래?"

"그, 그래도요."

지현의 두 볼이 붉어진다. 몹시 부끄러움을 타는 모양이다. 이때 누군가의 음성이 들린다.

"어이, 거기들!"

당연히 모두의 시선이 쏠린다.

"헉! 검사장님!"

"아, 안녕하십니까?"

"어머! 아빠!"

"아, 장인어른!"

현수의 뒤에서 환히 웃고 있는 사람은 권철현 고검장이다. 남종우 검사 등 네 명의 허리는 거의 직각으로 꺾여 있다.

직속상관이기 이전에 선배이며, 스승인 탓이다.

현수는 환히 웃으며 고개를 숙여 예를 갖췄고, 지현은 쪼르르 다가가 팔짱을 낀다.

"아빠, 아빠가 이 시각에 웬일이세요? 항상 제일 먼저 출근하시는 분이잖아요."

"그랬지. 그런데 오늘이 네 어미 생일이잖냐. 같이 미역국 먹고 나오느라 늦었다. 너하고 김 서방, 오늘 아침에 올 줄 알았는데 연락도 없더구나."

"헉!"

"어머, 그러고 보니……."

현수와 지현 모두 화들짝 놀라는 표정이다. 누가 봐도 깜박 잊고 있었다는 뜻이다.

"에잉, 이래서 딸자식은 길러봤자 소용없다고 하는가 보네. 제 서방만 알고. 안 그러나, 여보게들?"

"네? 아, 네. 그, 그럼요. 그렇습니다."

심계섭 검사가 얼른 동조하자 김종철 검사가 옆구리를 쿡 찌르며 지현을 바라본다.

졸지에 나쁜 년이라 욕한 꼴이 된 것이다.

"아! 그, 그게 아니라……."

"흥! 됐어요. 심 검사님은 앞으로 커피 없어요. 쳇!"

"권 사무간님, 그런 게 아니라……."

"또! 사무간이 아니라 사무관이라니까요."

"네, 권 사무관님! 제 말은 그런 게 아니라……."

"그런 게 아니라니? 그럼 딸자식을 길러봤자 소용없다는 내 말이 틀렸다는 겐가?"

"네? 그, 그, 그게……."

권철현 고검장의 말에 심 검사는 양수겹장에 놓인 듯 얼굴만 붉힐 뿐 뭐라 대꾸하지 못하고 있다.

"아무튼 전화라도 한 통 넣어줘라. 네 엄마 섭섭해한다."

"아, 알았어요, 아빠. 이따 집으로 갈게요."

"죄송합니다, 장인어른. 제 불찰입니다. 저도 이따 지현이

와 같이 가겠습니다."

"허험, 그럼. 그래야지. 이따 보세."

고검장이 윙크를 한다. 그러면서 얼른 손짓으로 술 한 병 사오라는 몸짓을 한다.

지현을 시집보낸 후 잃었던 청춘을 되찾겠다며 호언장담했는데 바이롯의 도움을 받아야 할 일이 있는 듯하다.

그렇지 않고야 천하의 권철현 고검장이 아내의 눈치를 봐 가며 술을 마시겠는가!

"하하! 네, 알겠습니다. 이따 찾아뵙겠습니다."

"자, 이제 출근들 하세."

"네, 고검장님!"

"네, 아빠!"

일행이 안으로 들어가자 현수는 뒷머리를 벅벅 긁었다.

"이런! 왜 깜빡했지? 전에 다 써놨는데. 이젠 매일 다이어리를 봐야 하는 건가?"

차를 몰고 오며 중얼거린 말이다.

"참! 아리아니, 내 아공간에 혹시 엘프주 있어?"

워낙 다양한 물건이 담겨 있는지라 이젠 속에 뭐가 얼마만큼 보관되어 있는지 파악하려면 여러 날이 걸릴 지경이다.

엘프주는 있는 것 같기도 하고 없을 수도 있다. 그렇기에 물은 말이다.

"엘프주요? 한 2,000통 있던데요?"

"헐! 그렇게나 많이? 그런데 통이라니? 병이 아니고?"

"주인님, 바보! 엘프주는 통에 담겨 보관되잖아요."

"뭐라고?"

현수는 잠시 멍한 표정이 되었다.

포도의 품종에 따라 다른 특성의 와인이 만들어지듯 이를 담는 오크통도 그것의 원재료인 오크나무(참나무)의 품질과 특성 또한 다양하다.

일반적으로 프랑스산 오크나무가 특등급이다.

프랑스에 포도 재배법을 알려준 것은 이탈리아지만, 오크통 사용법을 가르쳐 준 것은 프랑스의 골(Gaule)족이다.

그 이전까지는 방수 처리된 가죽 포대나 토기에 포도주를 보관하는 것이 일반적이었다.

아무튼 오크나무는 통기성이 뛰어나다.

따라서 오크통은 와인 숙성에 꼭 필요한 산소 공급에 있어 최상의 조건을 갖추고 있다.

그렇기에 와인이 안정적으로 숙성될 수 있는 것이다.

오크통은 오랜 숙성 과정을 거쳐 형성되는 부케[12]에 복잡 미묘함을 더해준다.

오크나무 조직에 함유되어 있는 폴리페놀 성분은 무려 60가

---

12) 부케(Bouquet) : (특히 포도주의) 향과 맛.

지나 된다. 이 중 대표적인 것이 바닐린[13]과 탄닌[14]이다.

바닐린은 직접적으로 부케의 형성에 관여한다.

오래 숙성된 고급 와인의 은은하면서도 향긋한 나무냄새는 바로 이 바닐린 성분 덕분이다.

이것은 와인의 알코올성분에 의해 추출되어 산소와의 미세한 산화작용을 형성하는 데 도움을 준다.

그래서 장기 숙성용 와인은 오크통을 사용한다.

오크통은 와인에 나무향을 배게 하는 기능 외에 색깔을 안정되게 하고, 거친 향을 부드럽게 하는 작용을 하며, 색상을 선명하고 깨끗하게 해준다.

와인 숙성용 오크통은 225리터짜리가 주로 사용되는데 바리크(Barrique)라고 부른다.

500리터짜리는 또노(Tonneau)라고 부른다.

엘프주를 담는 보관용기는 시들어 버린 세계수의 목재로 만들어진다. 당연히 오크통보다도 뛰어난 효과를 보인다.

크기에는 편차가 있는데 대략 500리터 정도 된다.

따라서 엘프주 2,000병이 있다 함은 700ml짜리 유리병으로 무려 14만 2,850병이나 있다는 뜻이다.

"헐! 후렌지아가 1,000병을 준다고 했는데……."

"그랬다면 그건 세계수 목재로 만든 엘프주 1,000통을 준

13) 바닐린(Vanillin) : 바닐라의 독특한 향을 내는 화학 물질.

14) 탄닌(Tannin) : 많은 식물에 널리 분포하고 수용액은 수렴성이 강하고 떫은맛을 가지는 화합물의 총칭.

다는 뜻일 거예요. 엘프에겐 병이란 게 없으니까요."

"끄응!"

지구로 따지면 약 70,000병이다. 어마어마한 양이다.

"근데 이상해요."

"뭐가?"

"엘프들은 엘프주를 다른 종족에게 거의 주지 않아요. 드래곤이야 뭐 강탈하는 거나 다름없으니 그렇다 쳐도 인간에겐 아주 가끔, 그것도 찔끔……."

아리아니가 알고 있는 상식은 이러하다.

엘프가 다른 종족에게 엘프주를 처분하는 경우는 그들이 필요로 하는 것을 그 종족만이 다룰 수 있을 때이다.

드워프의 경우는 미스릴 등을 다루는 데 천부적이다.

따라서 엘프가 새로운 병장기를 마련할 때 물물교환 형식으로 바꾼다. 인간도 마찬가지이다.

병든 엘프를 구할 포션이 필요할 경우 아주 찔끔 교환한다. 그래서 엘프주의 값은 매우 비싸다. 그런데 현수에겐 한꺼번에 1,000통이나 주겠다고 했다.

뿐만 아니라 엘프주 제조비법도 알려준다고 한다.

아리아니에게 세계수를 봐달라는 부탁을 하는 것과 각궁 120자루를 주는 것에 대한 대가이다.

생각해 보니 너무 많은 것 같다.

"아리아니, 있잖아……."

잠시 당시의 상황을 설명해 줬다.

"내가 듣기에도 과한 대가네요. 혹시 그들이 바라는 게 그거 말고 또 있어요? 예를 들어 다 죽어가는 엘프를 구해달라는 것이나 어딘가에 억류되어 있는 일족을 구해달라는 것 등 말이에요."

"그런 건 없는데? 하지만 전에 셋을 구해준 적은 있어."

"그래요? 이미 구해줬다는 거죠? 그럼 그거에 대한 대가는 받았어요?"

"대가? 위그드라실의 잎사귀 하나는 받았어."

"그럼 그녀와 결혼했어요?"

아리아니는 당연한 듯한 표정이다.

"근데 그거 꼭 해야 하는 거야? 받을 땐 몰랐는데 나중에 그렇다고 듣기는 했어."

참 애매한 입장이라 한 말이다.

"그러니까 결혼은 했냐구요."

"아니. 안 했어."

"그럼 엘프주는 결혼예물이에요. 그걸 준 처녀 엘프가 결혼을 기절당하면 평생을 홀로 지내야 해요. 그래서 제발 결혼해 달라는 뜻으로 주는 거라구요."

CHAPTER 13

요강에 똥 싸는 씁새!

"헐!"

"안 그러면 그 짠돌이들이 엘프주를 1,000통이나 내줄 리가 없잖아요. 안 그래요?"

"나야 엘프들이 짠돌인지 아닌지 모르지. 아무튼 골치 아프군. 참, 안 받겠다고 하면 되나?"

"엘프들이 얼마나 고집 센지 모르시는군요. 만일 준다는 걸 거절하면 아예 들러붙을 거예요. 허락할 때까지."

"끄응!"

"아무튼 축하해요! 인간 사내가 엘프 여인과 결혼하는 예는 거의 없었어요. 엘프들은 다들 예쁘지만 인간과는 수명이 다르니까요. 주인님은 엘프만큼 오래 사시니까 그 엘프는 좋겠네요. 최소한 1,000년 해로는 할 수 있으니까요. 아마 주인님이 더 오래 사실 거예요."

아리아니가 이런저런 이야기를 하는데 현수의 귀에는 들리지 않는다. 머리가 복잡했기 때문이다.

'엘프까지? 허어~!'

판타지 소설을 보면 엘프 여인은 인간 남자의 로망이다.

하지만 현수에겐 아니다. 엘프만큼 아름다운 여인이 이미 다섯이나 있다. 그렇기에 별로 당기지 않는 것이다.

대한민국의 남자들에게 물으면 이렇게 대답할 것이다.

"행복에 겨워 요강에 똥 싸는 쉽새!"

*　　*　　*

"어서 오십시오."

"네, 사장님!"

천지건설 기획영업단장실인 이곳엔 엄규백과 이성원, 최찬성과 배진환 팀장이 있다.

이들에겐 어펜시브 참 마법을 건 바 있다. 그렇기에 아주 화기애애한 분위기이다.

"보고 받기 전에 먼저 묻겠습니다."

"네, 말씀하십시오."

"국정원을 그만두고 이실리프 정보로 자리를 옮긴 분들의 수는 얼마나 됩니까?"

"정확히 362명입니다. 그런데 왜 그러십니까?"

"네?"

국정원의 정직원 수는 7,000여 명인 것으로 알려져 있다. 그중 362명이라면 5%가 넘는다.

이연서 회장을 통해 압력을 넣을 만하다.

"그렇게 많은 분이 국정원을 그만두고 온 이유는 뭐라 생각합니까?"

"그건 제가 말씀드려도 되겠습니까?"

현수의 시선이 넷 중 가장 연장자인 이성원 팀장에게 향한다. 말해보라는 뜻이다.

"국정원은 지난 대선 때 상부의 지시에 따라 SNS 전담반인 심리정보국 직원 70명과 외부 조력자(알바들)들이 댓글 작업을 한 바 있습니다."

"……!"

현수가 대꾸하지 않자 이 팀장의 말이 이어진다.

"인터넷 트위터, 다음 아고라, 오유 등 영향력 있는 사이트를 돌아다니며 댓글 작업을 통한 정치 개입을 하였지요."

현수는 대꾸 대신 고개를 끄덕였다. 지난해 연말 즈음부터 지금까지도 이 사건 때문에 말이 많기 때문이다.

"그 때문에 저를 비롯한 많은 직원이 조직에 환멸을 느끼게 되었습니다. 국가를 위해 일한다는 자부심도 잃었습니다. 그래서 상당히 많은 인원이 저희에게 합류한 겁니다."

"으음!"

현수 본인이 국정원 직원이었더라도 같은 기분이었을 것이기에 고개를 끄덕인다. 그리곤 이내 입을 열었다.

"앞으론 더 이상 국정원에서 인원을 빼오지 마십시오. 그 때문에 제가 아는 어떤 분으로부터 경고를 들었습니다."

엄 팀장 등 모두가 고개를 끄덕인다. 그러고도 남을 것이라는 것을 너무도 잘 알기 때문이다.

"알겠습니다. 더 이상은 작업하지 않겠습니다."

"그렇다 하여 이실리프 정보가 위축되지 않았으면 합니다. 국정원만 있는 건 아니니까요.

"물론입니다. 앞으론 군과 경찰, 검찰 등을 살펴보겠습니다. 일반인들의 채용도 고려하구요."

"현재의 인원은 얼마나 되죠?"

"정확히 1,124명입니다."

"후우, 많군요."

"네, 이쯤해서 1차적인 조직 정비를 했으면 합니다."

인원이 많아졌기에 하는 말이다.

"네 분보다 선배인 분들도 있습니까?"

"없습니다."

"그럼 이렇게 하지요. 이실리프 정보는 앞으로……."

현수는 시간 날 때 생각해 둔 방안을 풀어냈다.

이실리프 정보는 4국(局) 체제로 정비된다. 1국부터 4국까지의 국장은 엄 팀장 등이 맡는다.

1국과 2국은 국내의 정보를 취합하여 분석, 보고하는 기관이다. 3국과 4국은 국외의 정보를 담당한다.

1국과 2국의 인원은 각기 400명씩이다.

아직은 외국의 정보가 긴요하지 않기에 나머지 인원의 절반이 3국과 4국에 배속된다.

같은 임무를 두 개 국이 동시에 부여 받는 이유는 정보의 정확성을 기하기 위함이다. 두 군데에서 올라온 보고내용이 같아야 신뢰성 있는 정보로 인정하겠다는 뜻이다.

1국 국장은 엄규백이다. 2국은 이성원이, 3국은 최찬성, 4국은 배진환이 맡기로 했다.

"앱솔루트 피델러티!"

샤르르르르릉—!

마나가 네 명에게 동시에 쏘아져 간다.

절대충성 마법이 구현되자 우호적이던 눈빛에 존경과 흠

모의 빛이 어우러진다. 이제부터는 어떠한 명령을 내리든 무조건 따르게 되는 것이다.

"최 국장님! 배 국장님!"

"네, 사장님!"

"두 분에게 임무를 부여합니다. 일본 내각이 언제 어느 장소에서 회의를 할 건지 알아오세요."

"사장님, 잠깐만요."

두 국장이 대답하기도 전에 엄규백 국장이 끼어든다. 시선을 돌리자 다이어리를 꺼내 대답한다.

"내각회의는 내일 오전 9시에 총리공관에서 있습니다."

"아, 그래요?"

"그럼 다른 임무를 부여하죠."

"말씀만 하십시오."

"일본 내각조사처와 공안조사청의 위치 및 건물 설계도가 필요합니다. 확보해 주십시오."

"알겠습니다. 확보되는 대로 보고 드리겠습니다."

"가는 김에 일본 시중은행들의 현금 보관장소를 파악해 주세요. 참고로 뱅크 오브 도쿄, 미쓰비시, 미즈호, 스미토모 등 9개입니다."

일본과 관련하여 결코 좋은 기억이 없다. 하여 이들 시중은행들이 보유하고 있는 현금 및 외화를 모조리 가져올 생각이다.

"알겠습니다. 즉시 착수하겠습니다."

"엄 국장님!"

"네, 사장님!"

"이실리프 정보가 입주할 만한 건물을 찾아주십시오. 겉보기엔 평범한 회사여야 한다는 걸 잊지 마십시오."

"물론입니다. IT 관련 기술업체로 생각하고 있습니다."

"그러려면 그쪽 직원들도 뽑아야 하는군요."

"저는 사장님께서 설립하려 하시는 이실리프 뱅크 보안팀이 입주했으면 합니다."

현수는 고개를 끄덕였다. 은행의 정보를 관련하는 회사 정도로 알려질 것이기 때문이다.

"좋아요. 그렇게 하죠. 그러려면 이실리프 뱅크 본점 근처가 되어야겠군요."

"네, 역삼동에 적당한 건물을 찾아보겠습니다."

"그러세요. 다음은 3국과 4국의 임무입니다."

"말씀하십시오."

최찬성 3국장과 배진환 4국장 모두 다이어리에 메모 준비를 갖추고 있다.

"록히드 마틴 본사의 설계도가 필요합니다. 아울러 보잉과 노스롭 그루먼사의 기술연구소 위치 및 설계도를 입수해 주십시오. 또한……."

현수의 입에선 계속해서 미국 군수업체들의 명단이 흘러 나왔다.

Bell Helicopter Textron과 KAMAN은 헬리콥터 제작사이다. Honeywell Technology Center는 무기유도장치 제조사이다.

엔진 제작사는 General Electric과 Pratt & Whitney이다.

전술미사일 제조사 Hughes Missile System Company가 언급되었다.

군함 건조 회사는 General Dynamics Electronic Boats이다. 전차는 General Dynamics Land Systems이며, 항공모함 제조사는 Newport News Ship Building을 꼽았다.

깜박 잊었다며 추가한 회사는 레이더 및 통신 장비를 제작하고 함재장비 등을 생산하는 Raytheon과 SAIC이다.

이 밖에 항공기 탑재 통신, 전자, 센서와 관련된 Accurate Automation Corporation도 대상이다.

"상당히 많군요."

"그렇죠? 그러니 뭐든 필요한 것은 동원하세요. 반드시 알아 와야 합니다. 단, 대원들이 위험에 처하지 않는 범위입니다. 제가 필요한 것은 정확한 위치와 설계도뿐입니다."

"……!"

기업가인 현수가 왜 군수업체를 찾는지 의아하다는 표정이다. 물론 절대충성 마법이 걸려 있기에 의심하거나 하는 것은 아니다.

"지금은 묻지 마십시오."

"알겠습니다. 조사하여 보고 드리도록 하겠습니다."

"참, 또 있네요."

"말씀하십시오."

접었던 다이어리를 다시 펼친다.

"JP모건 체이스, 웰스 파고, 골드만삭스, 모건 스탠리, 뱅크 오브 아메리카(BoA), 시티그룹의 현금 보관장소도 조사해 주십시오."

"…알겠습니다."

궁금했지만 묻지 않는다. 현수는 절대왕정 시절의 왕과 같은 존재이다. 무엇을 원하든 묻고 따질 존재가 아닌 것이다.

그렇기에 최찬성 3국장과 배진환 4국장은 토 달지 않고 고개를 끄덕일 뿐이다.

이후 엄 국장 등과 여러 의견을 주고받았다. 그리고 많은 지시를 내렸다. 지금껏 덩치만 키우는 데 주력했다면 이제부터는 실질적인 임무수행을 하면서 인원을 늘리기로 했다.

경찰과 검찰, 그리고 군에도 조직에 실망한 사람들이 있을 것이다. 우선은 그들을 받아들이고 이후부터는 직원을 뽑아 교육시키기로 했다.

신입직원의 경우는 콩고민주공화국이나 러시아, 몽골, 에티오피아, 우간다, 케냐 등지에 설립되는 이실리프 농장에서 교육하기로 했다.

치외법권 지역이기 때문이다. 그리고 대한민국의 공권력이 전혀 힘을 쓸 수 없는 곳이기도 하다.

국정원은 현재 조직을 빠져나간 인재들이 이실리프 정보라는 회사에 몸담고 있다는 사실을 알고 있다.

하여 요원을 심어두었을 것이다. 당연히 활동상황 전부가 낱낱이 보고되는 중임이 분명하다.

현재는 덩치를 키우는 중이기에 어디에 소속된 누구를 만나 어떤 이야기를 했다는 정도일 것이다.

엄규백 국장이 한 말이다.

누구인지 확인되지 않는 것은 예전의 동료였으며, 짧은 기간 동안 많은 인원을 받아들였기 때문이라고 한다.

시간을 두고 옥석을 가릴 틈이 없었던 것이다.

이성원 국장과 최찬성 국장, 그리고 배진환 국장 역시 고개를 끄덕여 동의한다.

그리곤 오늘 언급된 활동을 시작할 경우 문제가 될 수 있음을 짚는다.

미국의 군사 관련 기업과 주요 시중은행을 조사하는 일을 알게 되면 결코 좌시하지 않을 것이기 때문이다.

"알겠습니다. 먼저 요원들과의 시간이 필요하군요."

"네?"

만나서 뭘 어쩌겠느냐는 표정이다. 자신들도 누가 국정원에서 파견한 첩자인지 구별하지 못하기 때문이다.

"아무튼 한번 보기나 해요. 만나는 날 신분증도 줍시다."

"알겠습니다."

"오늘 지시한 내용은 그 일이 끝난 후 시작해 주세요."

"알겠습니다."

모두들 고개를 끄덕이기는 했지만 떨떠름한 표정이다. 아무 소용도 없을 일이 될 것이 뻔하기 때문이다.

모두가 모인 날 현수는 절대충성 마법을 구현시킬 것이다.

그 즉시 몰래 스며든 첩자도 아군이 된다. 그리곤 그를 보낸 조직의 정보를 캐오는 역할을 하게 될 것이다.

마음대로 역정보를 흘릴 수도 있으니 일거양득이다.

*　　*　　*

"흐음! 어디 보자."

백화점을 찾은 현수는 마음에 드는 크리스털 병을 찾아보았다. 장인어른에게 선물할 엘프주를 담을 병이다.

"손님, 이게 어떨까요?"

점원이 손짓한 곳엔 독일에서 수입한 '나흐트만 스킨 디캔 더' 가 있다. 900ml 자리인데 36만 5,000원이다.

곁에는 '리델 소믈리에 블랙타이 시리즈 버건디 그랑크뤼' 라는 긴 이름을 가진 와인글라스가 있다.

하나의 가격이 무려 16만 8,000원이나 한다.

"이거 네 개와 잔 네 개 주십시오."

현수의 주문에 점원이 환히 웃는다.

"네, 손님! 잠시만 기다리십시오."

부지런한 손길로 주문한 것들을 포장하곤 바라본다. 계산은 어떻게 할 것이냐는 표정이다.

"얼마죠?"

"213만 2천 원입니다, 손님."

계산을 마치자 고개 숙여 고맙다는 뜻을 표한다. 고가 제품을 까다롭게 굴지 않고 사가니 좋았던 것이다.

회사로 되돌아온 현수는 마법으로 크리스털 술병을 깨끗하게 했다. 그리곤 아리아니의 도움을 얻어 엘프주를 담았다.

상당히 진한 갈색이다. 아주 오랫동안 숙성된 결과이다.

"자, 장인어른 선물은 되었고, 이제 장모님의 선물을 준비해야지. 아리아니, 아공간에 있는 것 중 반지만 골라주겠어?"

"물론이에요, 주인님."

아리아니가 있어 참으로 편하다는 생각을 할 때 반지 한 무더기가 쏟아져 나온다.

주워 담으면 라면 박스로 세 개는 담을 분량이다.

"헐! 엄청 많네."

현수는 얼른 문부터 잠갔다. 직원들이 보면 안 되는 모습이기 때문이다. 그리곤 재빨리 반지를 골랐다.

골라낸 것은 사파이어 반지다. 사파이어는 2월의 탄생석이라 알고 있다. 이 보석은 평화의 권위를 의미한다.

너무 진하지 않은 반투명한 푸른색이라 마음에 든다.

드워프가 세공한 미스릴은 보석을 더욱 빛나게 하는 고풍스러우면서도 유려한 디자인이다.

다음은 아리아니에게 사파이어 목걸이를 골라달라고 부탁했다. 채택된 것 역시 아주 아름다운 디자인이다.

나비의 날개 형상을 메인으로 채택하였으며, 다른 작은 보석들이 박혀 화려함을 더한 것이다.

조금 전에 다녀온 백화점에선 이와 유사한 것을 60억 2,900만 원에 판매하겠다고 진열해 놓고 있었다.

물론 현수는 이 가격을 모른다. 예쁜 디자인만 눈여겨보고 왔기 때문이다.

"흐음! 되었군. 이 정도면 혼나진 않겠지."

현수가 골라놓은 반지와 목걸이를 보며 흐뭇한 미소를 지을 때 아리아니의 음성이 들린다.

"근데 주인님."

"왜?"

"디오나니아 잎사귀 가지러 갈 때 됐는데."

"아, 그렇지. 근데 채수병을 아직 준비 못했어. 잠깐만."

말을 마친 현수는 채수병 판매처를 확인했다. 재빨리 운전하여 4리터짜리 30,000개를 구입했다.

12만 리터나 담을 수 있게 되었다.

이처럼 많이 준비한 것은 얼마나 많은 수액을 채취할 수 있을지 모르기 때문이다.

"이제 갈까?"

"근데 걔들 먹이는요?"

"아차! 잠깐만."

텔레포트하여 설치해 놓은 쥐 수집 틀을 수거했다. 불과 며칠 되지 않았음에도 우글우글하다.

"진짜 대단하군. 서울에 쥐가 이렇게 많았나?"

놀라지 않을 수 없는 광경이다.

"어휴! 냄새! 어서 가요."

"그래."

이번에도 200만 마리나 되는 쥐를 생포했다.

현수는 하수관로에서 곧장 차원이동했다.

"트랜스퍼 디멘션!"

샤르르르르르릉—!

"후와! 역시 여기 공기가 좋아요."

"그래, 나도 공기는 여기가 훨씬 좋다고 생각해. 그나저나, 우와아~!"

현수는 감탄사를 터뜨리지 않을 수 없었다.

며칠 전까지만 해도 30㎝에 불과하던 잎사귀가 길이 200㎝, 폭 130㎝짜리로 커져 있었다.

게다가 일제히 만개한 꽃을 달고 있다. 그 향기가 너무나 그윽하여 심호흡이 절로 나올 정도이다.

"흐으으음! 좋다!"

"네, 디오나니아 꽃의 향기는 떼어내도 반년은 시들지 않아요. 사막에서 살던 거라 꽃잎이 공기 중의 수분을 빨아들이거든요."

잠시 아리아니가 쫑알거렸다.

드래곤들도 이 향기를 좋아하여 직경 30㎝ 정도 되는 꽃을 레어에 가져다 놓는다고 한다.

꽃이 모두 지면 바나나 같은 열매가 열린다. 단단한 껍질에 둘러싸인 이것은 두어 개만 먹어도 배가 부를 정도다.

아주 맛이 있고 폐부가 청량해지는 기분을 느낀다.

껍질과 과육의 경계에 얇은 막이 있는데 강력한 진통 효과를 보이는 물질이 있다.

그렇기에 열매를 먹으면 통증을 잊는 경우가 많다.

그러고 보니 아공간엔 디오나니아 열매가 있다. 줄리앙 등과 이곳에 왔을 때 2,000송이를 담아두었다. 한 송이 당 열매가 20개씩 달리니 40,000개가 있는 것이다.

왠지 흐뭇한 기분이 든다. 세탁소에서 찾아온 양복 주머니 속에서 5만 원짜리 지폐 두 장을 발견한 그런 기분이다.

"주인님, 애들이 주인님 기분 좋으시라고 꽃을 피웠대요."

"그래? 정말?"

식물들이 보은한다는 소리는 난생처음인지라 놀란 표정을 지었다. 아리아니는 크게 고개를 끄덕이며 말을 잇는다.

"네, 그래요. 그리고 절반은 따 가셔도 된대요."

"꽃의 절반을……?"

"나머지 절반으로는 탐스런 열매를 맺게 할 테니 나중에 와서 가져가시래요."

"진짜?"

식물계의 트롤, 사람도 잡아먹는 식물이 디오나니아이다.

그런데 너무 친절하지 않는가!

게다가 오늘은 뿌리 하나당 잎사귀 네 장씩 찢으러 온 날이다. 고통을 느낀다면서 정말 놀라운 선물을 준비했다.

"네. 주인님 덕분에 개체수가 충분히 늘었으니 더 이상 새끼 치지 않아도 돼서 그런대요."

"아, 그렇군."

식물은 한곳에 붙박이로 있으니 토지로부터 얻을 수 있는 양분이 한정되어 있다.

현수가 없었다면 이곳의 디오나니아들은 더 이상의 번식하지 못했을 것이다. 척박하기만 하니 새로운 개체가 얻을 양분 등을 섭취하기 어렵기 때문이다.

그런데 수시로 와서 영양가 만점짜리를 제공했다. 그 덕에 수백 년은 걸려야 할 만큼 많은 번식이 이루어졌다.

그러니 더 이상 씨를 떨궈 종족번식의 의무를 할 이유가 없어졌다. 그러니 꽃과 열매 모두를 주겠다는 것이다.

"그래주면 나야 고맙지. 고맙다고 전해줄래?"

"네, 잠시만요."

디오나니아로 이루어진 정글 중앙부로 이동한 아리아니는 이 꽃 저 꽃을 돌아다녔다.

"전해줬어요. 그리고 꽃부터 따시래요. 꽃받침 부분을 돌리면 쉽게 떨어진다네요."

"그래? 알았어. 고마워."

현수는 가까이 있는 디오나니아의 꽃부터 채취했다. 공짜로 준다는데 싫다고 할 이유가 없기 때문이다.

상당히 많기에 시간이 꽤 걸리는 작업이다. 그럼에도 묵묵히 꽃을 땄다. 그때마다 '미안해. 그리고 고마워' 라는 뜻을 전했다. 친해둬서 나쁠 일 없기 때문이다.

"아이고, 안 되겠어요. 이걸 언제 다 따요? 주인님, 잠시 비켜보세요."

"응? 좋은 방법 있어?"

"네, 잠시만요. 실라이론 나와."

참고로 실라이론은 상급 바람의 정령이다.

아무튼 아리아니의 말이 떨어지기 무섭게 금발의 아가씨가 허공에 솟는다. 완전히 발가벗은 모습이다.

"라라라~! ♬ 랄라! ♪ 랄라라~! ♬~"

나타나자마자 영롱한 음색으로 노래를 부른다.

"부르셨어요, 아리아니님?"

"그래. 정령계로 가서 네 친구들 좀 데리고 와."

"얼마나 데리고 올까요?"

"저기 보이는 저 꽃의 절반을 딸 거야. 그러니까 니가 알아서 데리고 와."

"네. 랄라! ♪ 랄라라~! ♬~"

노래를 부르며 사라지고 얼마 지나지 않아 조금 전에 나타났던 실라이론보다 키와 체구가 작은 아가씨들이 우르르나타난다.

모두 다 벗은 몸이지만 현수는 뚫어져라 바라보았다. 정령을 살필 좋은 기회이기 때문이다.

그러거나 말거나 아리아니의 명령이 떨어진다.

"여기 있는 식물의 꽃 가운데 절반을 따와. 알았지?"

"네, 아리아니님!"

곧이어 실라이론이 작은 정령들에게 무어라 소리친다.

정령어이기에 알아들 수는 없었다. 황급히 통역 마법을 펼쳤지만 그때는 이미 명령이 끝난 뒤였다.

바람의 정령들은 디오나니아가 알려준 대로 꽃받침을 시계 반대 방향으로 돌린다.

떨어진 꽃은 바람에 실려 현수에게 날아오고 있다. 그런데 현수는 다른 것에 정신이 팔려 있다.

바로 앞에서 꽃을 따고 있는 실라이론의 모습을 보고 있었던 것이다. 사람의 외모를 하고 있는데 아주 아름다운 아가씨이다. 발가벗어서 들어간 곳과 나온 곳 전부 다 보인다.

머리카락은 엉덩이를 뒤덮을 정도이다. 인간과 다른 점은 허공을 유영한다는 것이다.

"주인님, 뭐해요? 아공간 여세요."

"응? 그, 그래. 아공간 오픈!"

아공간이 열리자 아리아니가 날아오는 꽃들을 담는다.

이곳에 서식하는 디오나니아는 약 2만 5천 그루이다.

이들 모두가 꽃을 피웠다. 따라서 날아온 것은 약 1만

2,500송이의 꽃이다.

현수는 디오나니아 꽃의 향기에 취해 버렸다. 너무도 달콤하고 너무도 그윽한 향이다.

이런 냄새라면 하루 종일이라도 맡고 싶을 것이다.

"태을제약에서 만들 향수가 하나 더 늘었군. 상표는 뭐라고 할까? '디오나니아의 눈물' 정도면 괜찮겠네."

조금 있으면 잎사귀들이 찢긴다. 고통을 안다고 하니 그것을 눈물을 흘린다고 생각한 것이다.

아무튼 실라이론의 지휘 아래 바람의 정령 실라페와 실프가 협력하여 무사히 임무를 완수했다.

"고마워, 실라이론, 실라페, 실프."

"어머! 저희들이 보여요?"

실라이론의 예쁜 눈이 더 커진다.

"그래. 아주 예쁘네. 도와줘서 고마워."

"바보야, 내 주인님이셔. 당연히 너희가 보이지."

아리아니가 끼어들자 실라이론 등이 고개를 끄덕인다.

아리아니는 모든 정령 요소가 뭉쳐져 생성된 존재이다.

하여 물, 불, 바람, 땅뿐만 아니라 빛, 어둠, 금속의 정령까지도 불러낼 수 있다.

정령왕도 불러낼 수 있지만 늘 대등한 대접을 요구해서 잘 부르지 않는다.

아무튼 아리아니의 주인님이라면 넘치는 정령력을 가진 존재이다. 계약을 맺으면 수시로 중간계 구경을 할 수 있다.

그렇기에 실라이론 등이 호기심 어린 눈으로 바라본다.

"자, 너희들은 이만 돌아가. 오늘은 수고했어."

"네."

실라이론 등은 찍소리도 못한다. 정령왕도 함부로 대할 존재가 아리아니이기 때문이다.

"앞으론 수시로 불러줄 테니 삐치진 마라. 주인님 엄청 바쁘셔서 정신없으니까. 알았지?"

"네, 아리아니님. 그럼 믿고 이만 돌아가요."

실라이론이 고개를 숙인다.

"실라이론, 다음에 또 봐."

"네, 저도 또 뵙기를 고대할게요."

실라이론은 예쁘게 웃으며 고개를 숙인다.

순간 현수는 코피가 터질 뻔했다. 보아선 안 될 두 개의 수밀도를 본 때문이다.

『전능의 팔찌』 33권에 계속…